COLLECTION August Schramm, Grazio Diabelli und
S.FISCHER Anatol Zentgraf, die »Helden« dieser drei
Geschichten, wirken wie »Anti-Menschen«, Kunstanar-
chisten, die sich in Briefen an die Außenwelt, an die
höhere Instanz wenden. Der taube Schramm bewirbt
sich als Orchesterdiener bei der städtischen Philharmonie; der Zauberer Diabelli erklärt seinem Gönner, warum
er nicht mehr auftreten kann; und der anonyme Privatsekretär von Zentgraf schreibt dem Schweizerischen Erdbebendienst, weshalb dieser »freie Leser«, dessen Oeuvre
die Gesamtheit aller angelesenen Literatur ist, während
eines Erdbebens davonstirbt.
Diese drei Diabelli-Erzählungen sind höchst kunstvolle
und zeitgemäße Variationen des alten Themas: Kunst
und Leben. Der gänzlich unmusikalische Schramm versteht sich als Schattendirigent, der der gelungenen Polyphonie das Chaos entgegensetzt. Diabelli dagegen, dieser
»scheintote Artist«, ekelt sich vor der eigenen Meister-
schaft; im Koma seines Künstlertums will er alle Künstlichkeit zurückverwandeln in Natürlichkeit. Und Zentgrafs Zorn richtet sich gegen die kitschige Naturver-
ehrung eines »moderierten Kurbetriebs«, als dessen
Kontrapunkt er seinen Tod angesichts einer Naturkatastrophe setzt.
Burger erzählt diese Geschichten in einer konsequenten
Kunstsprache, die der Spannung seiner Figuren zwischen
Wollen und Können, zwischen Künstlichkeit und Leben
entspricht. Denn: »Woher, Herr Professor, sollte ich eine
sogenannte Muttersprache nehmen, wenn es mir zeitlebens am mütterlichen Element gefehlt hat?«

Hermann Burger
Diabelli

Erzählungen

S. Fischer

**COLLECTION
S.FISCHER**

Herausgegeben von
Thomas Beckermann

Band 9

© S. Fischer Verlag GmbH, Frankfurt am Main 1979
Erstausgabe:
Fischer Taschenbuch Verlag GmbH, Frankfurt am Main
Umschlagentwurf: Atelier Rambow, Lienemeyer, van de Sand
Satz und Druck: Georg Wagner, Nördlingen
Einband: G. Lachenmaier, Reutlingen
Printed in Germany 1979
980- ISBN 3-596-22309-1

Der Orchesterdiener

Diabelli, Prestidigitateur

Zentgraf im Gebirg
oder das Erdbeben zu Soglio

Der Orchesterdiener

Ein Bewerbungsschreiben

Ich, ja, ich, Herr Generalmusikdirektor, bin – wenn es nach meiner Wenigkeit ginge, bräuchten Sie gar keine weiteren Bewerbungen mehr, die ja nur Störkandidaturen sein können, abzuwarten – zweifelsohne der richtige, ohne Zweifel der seit langem gesuchte Mann für den vakanten, um nicht zu sagen verwaisten, nach dem Tod des legendären Urfer recht eigentlich verwaisten Posten eines Orchesterdieners bei der städtischen Philharmonie. Wie nur, so frage ich Sie und den von Ihnen präsidierten Berufungsausschuß frank, konnte es sich ein so reputierter Klangverein wie das hiesige Symphonieorchester einen ganzen Konzertwinter lang leisten, auf ein so wichtiges Komplettierungsmitglied seiner Garnitur zu verzichten? Ich will hier nicht in den Enthymnisierungs-Tenor gewisser Kritiker einfallen, aber das Gebotene war wirklich dementsprechend. Die Enigma-Variationen von Elgar: durchgefallen; die Turangalîa-Symphonie: durchgefallen; Bruckners Vierte: durchgefallen; und dies nur, so meine, dem Weltbild eines Orchesterdieners entsprechende Ansicht, weil hinter der Bühne, sagen wir mal: der disphonische Brennpunkt fehlte, was ich noch erläutern werde. Keine Formation der Welt hätte eine derart elementare Lücke, eine solche Besetzungskluft eine ganze Saison lang verkraftet, nicht das Leipziger Gewandhausorchester, nicht das Amsterdamer Concertgebouw-Orkest, nicht die I Musici di Roma, schon gar nicht die Camerata Academica des Salzburger Mozarteums. Alle diese ja weiß Gott für superlativisch kaum auszudrükkende Spitzenqualität bürgenden Vereinigungen hochsensibler Instrumentalvirtuosen beschäftigen nicht nur einen sich auf das Zudienen aller möglichen, für eine Aufführung benötigten Utensilien bestens verstehenden

Vertrauensmann, sondern sorgen, für den Fall, daß er plötzlich stirbt – und wo anders findet ein treuer Orchesterdiener den Tod als hinter, vielmehr unter der Bühne –, auch für Nachwuchs, der sozusagen aus dem ad infinitum begeisterungsfähigen Stehparterre der manuell begabten Anhänger rekrutiert wird. Oft ist es ein ganzes Triumvirat. Gastieren die Wiener Philharmoniker in Luzern oder anderswo, heißt es doch, auf Glanzpapier gedruckt, so selbstredend wie oben steht: Unter der Leitung von X. Y. etcetera, unten: Orchesterdiener: Eigenstiller, Jara, Schröcknadel. Ich glaube freilich nicht, daß auf die Dauer drei sich in die Verantwortung teilen können, ein von Zelebritäten vorgeführtes Konzert dorsal abzusichern. Wie dem auch sei, daß Urfer nicht sofort, als ihn eines verpatzten Decrescendos wegen in Felix Mendelssohn-Bartholdys Symphonie in a-Moll der Schlag traf und er in einen wie als Sarg für ihn bereitstehenden Kontrabaßkoffer sank, ersetzt, und zwar noch während der Aufführung ersetzt wurde, ist mir schleierhaft. War denn die Direktion der städtischen Philharmonie der Meinung, sie könne, wenn sie sich länger und gründlicher, als es die absolute Unentbehrlichkeit eines Ambrosiahallen-Domestiken erlaubt, nach einem Urferschen Ersatz umsehe, einen solchen Zwischenfall a priori vermeiden? Der Tod ist immer ein Skandal. Oder opponierten die Ensemble-Mitglieder, die es gewohnt waren, sich Urfers wie eines genialen Mehrzweckwerkzeugs zu bedienen, gegen eine zügige Nachfolgeregelung? Item, das Interregnum, von dem der Hausdirigent, seine Artifizenz Detmar von Hohenlohe, glaubte meinen zu dürfen, es sei bloß ein abwartliches, es fehle seinem Klangkörper gewissermaßen nur der Nagelauszieher für die

Verpackungskiste, war, wie empfindlichen Ohren diesen Winter nicht entgangen sein konnte, ein Interregnum der gefährdeten Konsonanz und Konzertanz, um nicht zu sagen eine kakophonieverdächtige Zwischenzeit. Urfer, gewiß, wer verstiege sich dazu, es ihm gleichtun zu wollen! Er war legendär sowohl in der Unbestechlichkeit seines Gehörs als auch in der Geräuschlosigkeit seiner Zudienereien. Allzeit verfügbar. Unvergeßlich, wie Urfer leiden konnte, wie ein neuralgisches Gewitter über sein zerknittertes Gesicht lief, wenn ein Kellner im Operncafé mit einem Glas hantierte, dessen Kristallton irgendwo zwischen fis und f lag. Stimmt gefälligst euer Inventar, ihr Gehörmörder, rief er dann von seiner Orchesterdienerecke aus hinter der Samtportiere, und die pausierenden Sänger zollten Beifall mit den fetten Mundwinkeln. Urfer, so flüsterte man in gewissen Ensemble-Kreisen nach seinem Ableben, sei seiner Artifizenz, Detmar von Hohenlohes wandelnde Stimmgabel gewesen. Orchesterdiener, Gehördiener. Und der Konzertmeister, Esmeraldi, brauchte während der Probe nur ein überspitztes Pizzicato-a zu zupfen, so eilte Urfer, irgendwo in einem Abstellraum aufgestört, herbei, um das Pult einen Zentimeter höher zu schrauben. In dem Maße wie der Dirigent die Musiker, so haben die Musiker den Orchesterdiener im Griff. Einer dirigiert alle, sie alle aber dirigieren einen einzigen herum. Nun liegt es mir freilich fern, Urfers in einem umfassenden nekrologischen Sinne gedenken zu wollen, muß ich doch vielmehr, um meine eigene Kandidatur nicht ad absurdum zu führen, alles unternehmen, um ihn vergessen zu machen. Ich habe, sehr geehrter Herr Generalmusikdirektor, nur darum auf den Verblichenen zurückgegriffen, um die Behauptung aufzustellen: Gerade das absolute Gehör ist nicht, wie in der Ausschreibung vermerkt steht, wenn auch nur unter den Erwünschtheiten, erforderlich für diesen Posten, gerade diese Eigenschaft hat meinen Vorgänger – ja, spreche ich einmal so von ihm, als sei ich bereits gewählt! – vorzeitig, schlagartig, was ich wörtlich meine, aus dem Musikleben scheiden lassen. Urfers hinterrücks erlittener Schlaganfall habe sich wie ein akustischer Schleier über die Aufführung gelegt, sagen die Holzbläser, sie alle hätten an einer nicht erklärbaren Zugluft gespürt, daß sie den Tod und nicht mehr Urfers Zuverlässigkeit hinter sich hätten. Zugluft, für einen Musiker, während des Konzerts, eine Katastrophe, für die in jedem Fall der Orchesterdiener verantwortlich zu machen ist! Ich will ja überhaupt nicht mit Ihnen, Herr Generalmusikdirektor, über das verpatzte und nachträglich in der Presse aufge-bauschte Decrescendo im zweiten Satz streiten. Es ist nicht erwiesen, daß dieses Decrescendo des weilandigen Orchesterdieners Todesursache war, ja nicht einmal, ob es in Felix Mendelssohn-Bartholdys Symphonie Num-mer drei in a-Moll, Opus sechsundfünfzig, auch die Schottische genannt, begonnen 1829, vollendet anfangs 1842, uraufgeführt am 13. März selbigen Jahres, in der achttaktigen Einleitung des überaus duftigen Scherzos, Vivace non troppo, flimmernde Geigenstimmen und laute Rufe der Bläser, kurz bevor die erste Klarinette das Hauptthema intoniert, tatsächlich dem letzten Willen des Komponisten entspreche, was um so umstrittener sein dürfte, als sich ja die Streicher ein paar Takte später, wo unter Aufbietung aller orchestralen Mittel in einem Ge-tümmel sondergleichen das Leitmotiv weitergesponnen wird, auf eines der jähesten Diminuendi der romantischen Tonkunstliteratur konzentrieren müssen. Bekäme ich den Posten, würde ich gegebenenfalls besagtes Decrescendo zu verhindern wissen. Urfers tödlicher Schlaganfall könnte auch auf das nicht über alle Zweifel erhabene Assai animato im Allegro un poco agitato oder auf ein vom Blech und von den Schlaginstrumenten in konspirativer Manier vereiteltes Smorzando zurückzuführen sein, wofür dann der Dahingegangene stellvertretend sein Leben gelassen hätte. Aber das ist, wie gesagt, für die Anbahnung meiner Berufungswahl gar nicht oder nur von untergeordneter Relevanz, viel wichtiger, das absolut Neue, in der Geschichte der Orchesterdienernominationen noch nie Dagewesene ist, daß meine Wenigkeit, August Schramm, von Freunden auch der taube August genannt, als zentrale Qualifikation für das verwaiste Amt sein musikalisches Analphabetentum ins Feld zu führen wagt, sofern man unter musikalisch vor allem die Fähigkeit versteht, Töne in Empfindungen und dieselben in mimisch ablesbare Verzückungen umzusetzen. Am Pianoforte völlig intraktabel, hat mein Klavierlehrer immer gesagt, der unter dem Ticken des Metronoms an Schramm zum pädagogischen Krüppel geworden ist. Nichtsdestotrotz bin ich, nachdem ich mir Rostnägel aller Zweifelsgrößen im Schädel krumm geschlagen habe, zur gerade durch Urfers Schicksal gestärkten Überzeugung gelangt, daß man der edlen Tonkunst auch als Mißbegabter fronbar sein könne, mit kraftstrotzenden Pleuelarmen und behaarter Brust. Die Sekundärbehaarung von Flötisten, Cellisten undsoweiter, nehme ich an, ist eine höchst minime. Sehen Sie, Urfer, so unersetzbar er in Ihren Augen, durch die Brille der Generalmusikdirektorenwürde betrachtet, erscheinen mag, worauf die einen ganzen Konzertwinter dauernde Berufungskrise schließen läßt – und seine Insubstituierbarkeit wird durch die Legendenbildung nach seinem Tod in a-Moll auf das wirkungsvollste flankiert –, Urfer war eben doch nicht der ideale Schlußmann für die städtische Philharmonie, weil er zeitlebens ein verhinderter Musikus blieb. Alle seine Orchesterdienerhandreichungen waren im Grunde ein Symphonieren mit untauglichen Mitteln. Der Hammer wurde in seiner Hand zum Paukenschläger, wenn er einen Notenständer verstellte, tat er es con brio, gab man ihm den Auftrag, im Archiv nach einem verschollenen Klavierauszug zu forschen, beantwortete er ihn mit einem Mordent-Hüpfer. Was Urfer während seiner ganzen Orchesterdienerkarriere hinter der Bühne leistete, war nichts Geringeres einerseits, nichts Unbrauchbareres anderseits als dies, daß er als symphonischer Abwart die Musikweltliteratur und alle denkbaren Werkinterpretationen in eine Partitur der Servilität übersetzte. Ich weiß nicht, ob ich mich für ein Bewerbungsschreiben wahlwirksam genug ausdrücke, Herr Generalmusikdirektor. Urfer wurde zum Beispiel von den Philharmonikern nie geduzt, so wie man ja eine Wagner-Oper, etwa Tristan und Isolde, oder, wenn Ihnen dieses Exempel lieber ist, Die Meistersinger, auch nicht tutoyiert. Man setzt sich nicht hin und sagt, jetzt intonieren wir dich mal, zum Werk. Urfer wußte bei aller Dienstbeflissenheit dem Ensemble und selbst Detmar von Hohenlohe eine Art Respekt abzutrotzen, wie man ihn nur einem Opus oder einem veritablen Urheber entgegenbringt. Und als er im zweiten Satz von Mendelssohn-Bartholdys Schottischer über den Rand eines Kontrabaßkoffers kippte, wurde nicht nur eine wandelnde Stimmgabel, wurde vielmehr ein musikalischer Kosmos, dessen symphonische Filiale vorne auf der Bühne erklang, begraben. Diese Urfersche Totalität im untertänigen Verkörpern dessen, was Musik sein kann – die Begabung war gewissermaßen seine Livree –, will ich nicht schmälern, ich sage nur, indem ich, mit der Wucht einer nahezu verfehlten Existenz, den Namen Schramm ins Gespräch werfe, daß sie nicht zum Erfolg führte, unter Erfolg vorläufig, für den Hausgebrauch der Ambrosiahalle verstanden, daß der Orchesterdiener eine Philharmonie, so wie sie der Dirigent in himmlische Sphären hebt, erdet. Schramm grapscht nicht einfach dreist nach der Ernennung, er bringt, wenn auch nicht Musikalität im angeborenen Sinn, immerhin als Qualifikation eine ganz präzise Vorstellung mit, wie er in die Hierarchie einer Gesellschaft wie der Ambrosiahallengesellschaft einzugliedern ist: er gehört, der taube Vierschrot, auf die Nachtseite der Kunst. Ja, dorthin und nirgendwoandershin! Es werden im Berufungsausschuß, der die Ehre hat, von Ihnen präsidiert zu werden, die unterschiedlichsten Meinungen herrschen über die optimale Beschaffenheit von Urfers Nachfolger. Ein bißchen Harmonielehre schadet nichts, sagen die einen; um Gottes willen kein gestrauchelter Dirigent, Solist, Komponist auf diesem Posten, die andern. Das Gremium mag sich in so extreme Lager spalten, daß hüben ein mit dem womöglich noch absoluteren Gehör als dem Urferschen begabtes Bleichgesicht, drüben ein Kesselpaukenstemmer mit gegerbtem Trommelfell gefordert wird. Sei dem so! Meiner unmaßgeblichen und, dies möchte ich in Erinnerung gerufen haben, immer nur kandidierenden Meinung nach darf der Ton-Schaffner nur gerade so viel von Musik verstehen, daß es ihn unwiderstehlich hinter und unter die Bühne zieht. Am verwandtesten unter den Komponisten, aber nur vom Namen her, ist ihm Bruckner. Bruckner habe ich mir in meiner Schrammkindheit immer als Atlas vorgestellt, der seine neun zentnerschweren Symphonien gen Himmel stemmt und einknickt dabei. Der Orchesterdiener tut ein ähnliches, nur darf er sich nicht Bruckner, sondern muß sich einen Weltmeister im Gewichtheben zum Vorbild nehmen, etwa den Russen Korsakow. Korsakow ist ein Komparativ zu Bruckner, ja, was sage ich, ein Superlativ, ein Elativ. Unterstreichen Sie das bitte, Herr Generalmusikdirektor, oder lesen Sie es kursiv, ich komme darauf zurück. Zunächst noch zwei Subqualitäten: der Orchesterdiener muß sowohl die Ruhe selbst als auch die Gerechtigkeit in Person sein. Ein enthusiasmierter Wagnerianer, ein in tanzendes Quecksilber verwandelter Saint-Saëns-Jünger kommt für den Posten von vornherein nicht in Frage. Ich fordere absolute instrumentale Neutralität. Nicht auszudenken, welche Verheerung der Orchesterdiener in einem vor Lampenfieber sirrenden Philharmonikerhaufen anrichten würde, wenn zum Beispiel vor Konzertbeginn an den Tag käme, daß er innerhalb der klassisch Hohenloheschen Formation die Pulte der Holzbläser, was die Abstände oder den Wippraum für die taktierenden Füße betrifft, bevorzugt hätte. Es ist ja das allerleichteste, den Argwohn der interpretierenden Künstler zu erwecken. Eine Philharmonie ist eine klingende Kabale, die vollkommenste Polyphonie eine intrigante. Da kommt es darauf an, daß der Handwerker im Hintergrund mit Hilfe von Schneckenbohrer, Bandsäge und Feile das Fagott und die Harfe, den Triangel und die Bratsche wenigstens auf Bühnenzimmererebene miteinander zu versöhnen weiß. Überlassen Sie die Homogenität gefälligst dem Dirigenten, werden Sie einwerfen, Herr Generalmusikdirektor. Sicherlich, sicherlich! Aber ist der Orchesterdiener nicht des Maestros Gegenstück? Es ist leider ein offenes Geheimnis, daß gerade die sogenannten Tutti-Geiger, die es nie zum Einzelvirtuosen gebracht haben, einander während des Symphonierens bekämpfen. Solche Duellanten, wie sie im Fachjargon genannt werden, darf der Orchesterdiener nicht auch noch gegeneinander aufhetzen, indem er den einen mit erstklassigem, den andern mit Occasions-Kolophonium versorgt. Und im Aufspüren und Durchexerzieren solch winziger Ungerechtigkeiten war Urfer ja bekanntlich ein Genie. Urfer hat, wegen seiner Beschlagenheit in der Instrumentenkunde, genau gewußt, wo man die empfindliche Stelle eines Baßtubisten suchen muß. Jeder Baßtubist wird unweigerlich zum Choleriker, wenn man ihm mit konstanter Bosheit vor jedem Einsatz Piccolotrillerzappeleien unter der Nase aufführt. Schramm wird, erst einmal gewählt, und wenn seine Berufung hintertrieben werden sollte, wird man zumindest die Maßstäbe, die er durch seine Kandidatur setzte, in der Direktion und auch im Ensemble nicht so rasch vergessen, dergestalt, daß jeder Sprengkandidat, walte er noch so mit Leib und Seele seine Amtes, an diesen Maßstäben, ohne sie im einzelnen zu kennen, scheitern muß, aufräumen mit den parteiischen Sticheleien im Bedienungsstil gegenüber gewissen Philharmonikern. Er wird dem Blech zu geben wissen, was des Bleches ist. Urfer hat doch den von den Wutausbrüchen der mißhandelten Kornettisten und Hornisten total demolierten Bläserbunker völlig verkommen lassen. Er war eben eine Streicher-Seele. Sah

17

es bei den Streichern immer so aus, daß man in ihrem Gemach einen Teil des Foyer-Betriebs hätte abwickeln können bei Platznot in der Ambrosiahalle, so bei den Bläsern wie in einem aufgelassenen Mannschaftsraum einer Kaserne. Ja, dem Orchesterdiener eröffnen sich unerschöpfliche Möglichkeiten der Sabotage. Denken Sie nur an die widerspenstigen Metall-Notenständer, die ewig knarrenden Podiumselemente, die instabilen Muschelwände! Es ist der Instrumentalist ein Wesen und die Musik eine Kunst, welchbeide in besonderem Maße der Tücke des Objekts ausgeliefert sind. Warum haben denn im Zirkus die Musikclowns immer wieder den größten Erfolg? Weil ihre Späße die hohe Tonkunst, eine Art Seiltänzerei, auf den Boden ins Sägemehl zerren. Ein furzendes Sousaphon mit explodierendem Schalltrichter: immer wieder ein Riesengaudi! Unmittelbar vor Aufführungsbeginn ist die Sabotierlust des Orchesterdieners die größte, die Versuchung, jetzt, da sich alle vor dem Bühneneingang drängen, noch schnell mit dem Flachzänglein eine Saite abzuklemmen, ist so stark, daß er seine Hände hinter dem Rücken ineinander verknoten muß. Die Philharmoniker kommen ja, was ich Ihnen nicht zu sagen brauche, als wandelnde Instrumente die Treppe herauf, fiedelnd, dudelnd, quäkend. Ein Fußtritt gegen die Holzdecke, und man hat beide getroffen: den Cellisten und das Cello. Kaum hat jedoch das Stück begonnen, schrumpft die Macht des Orchesterdieners kläglich zusammen. Die Musiker haben sich in ihre Sphäre hinübergerettet, haben ihn, den Handlanger, auf dem Friedhof der plüschgefütterten Kasten und Koffer zurückgelassen. Sie kümmern sich mit der ganzen Genialität und Werkimmanenz der Beethovenschen Fünften nicht mehr um ihn. Ensemble und Publikum philharmonieren miteinander, über das vergoldete Scharnier des Dirigenten. Schramm hat in dieser perfekten Kultursymmetrie nichts mehr zu suchen. Darum, Schuster, bleib bei deinem Leisten, mit Kistenbrettern hast du es zu tun, nicht mit Polyhymnia und Terpsichore! Ich bewerbe mich auch nicht um den Posten des Orchesterdieners, um etwa die alten Familienzwiste unter den Instrumentengruppen, den, wenn wir bei der Sachs-Hornbostelschen Einteilung bleiben wollen, die freilich umstrittener ist denn je, Idiophonen, Membranophonen, Chordophonen und Aërophonen dergestalt wieder aufleben zu lassen, daß Schramm, wie es Urfers Art war, mit seiner ganzen Tätigkeit, von der Orchesterstuhlerei bis zur Musikalienausgabe, daraufhin arbeitet, den Violoncelli zum endgültigen Sieg über die sogenannten Effekt-Instrumente zu verhelfen, zu welchletzteren wir etwa die Windmaschine, das Flexatom und die Singende Säge zählen, Herr Generalmusikdirektor. Nicht daß ich der Meinung wäre, ein notorischer Programmusikkonsument hätte sich für das Flexatom oder das Trumscheit zu erwärmen, ich lasse mich weder zum Sprecher des einen noch des andern machen, aber Urfer, in seiner leidenschaftlichen Bevorzugungs- und Verleumdungsmanie, hat Detmar von Hohenlohe solche vom Prinzip der instrumentalen Gleichberechtigung her grundsätzlich tolerablen Klangwerkzeuge auszureden gewußt, ganz einfach dadurch, daß er sie immer wieder unauffindbar unter der Bühne versteckte, wenn sie, und sei es nur für einen Einzeleinsatz, für eine klägliche Manifestation der Tatsache, daß es sie gibt, gebraucht worden wären. Urfer hat das Ambrosiahallensymphonieklangfarbenkolorit, das generelle, den Abonnementsinhabern vertraute, viel tückischer zu beeinflussen gewußt, als Herr Generalmusikdirektor ahnen. Wenn ich mich auch niemals erfrechen würde, eine totale Enturferung der obersten Leitung des verehrten Resonanzkastens der Hautevolee unserer Stadt, der in seinem baulichen Stil eine Kreuzung zwischen dem afterbarocken Altcasino von Montreux und einer Filmkopie des Dresdener Bahnhofs darstellt, anzustreben, schadet es doch nichts, im Rahmen meiner Anbiederung ein bißchen an der Patina meines Vorgängers zu kratzen. Zur Sache, endlich, Schramm, zur Sache! Meine Bewerbungstheorie ist in etwa die folgende. Gerade weil der symphonische Abwart schattenhalb der Tonkunst aufgewachsen und wie Schramm zeitlebens harthörig geblieben ist, scheint er mir partiell dazu verdammt, partiell dazu prädestiniert zu sein, im Bühnenhinterraum, welchen ich als Pufferzone zwischen Kunst und Chaos bezeichnen würde, abzubüßen, was vorne am Verbeugungsgeländer an Galavirtuosität zelebriert, um nicht zu sagen verbrochen wird. Der Orchesterdiener, der erste, der den Saal betritt, der letzte, der ihn verläßt, der sowohl am Potentiometer seinen Mann stellt wie wenn es gilt, Kontrabässe herbeizuschultern, Schramm, Feuerwache, Bühnenmeister, Beleuchter in einer Person, die gute Seele, die, wenn falsches Orchestermaterial ausgeteilt wurde, dafür sorgt, daß die richtigen Noten in einer unsichtbaren Blattstafette reihum zirkulieren, er verkörpert die Schattenleitung des Ensembles, er gibt dem Musiker, der, in seinen Part verliebt, die Welt vergißt, Rückhalt, die Gewißheit, daß auch noch hinten bei den Feuerleitern einer da ist, der die Tonschöpfung, welche den Messingtrichtern und Resonanzkörpern entschwebt und von der Muschel, deren Wandelemente er, notabene, zusammengefügt hat, zugluftundurchlässig, nach vorne gespendet wird, absichert, ein Schwerarbeiter im anthrazitgrauen Leibchen der Straßenteerer, einer, der Lohn erhält, nicht eine Gage bezieht. Und gerade er, für den eine Symphonie wie die Schottische von Felix Mendelssohn-Bartholdy am allerwenigsten aufgeführt wird, ringt wie kein zweiter mit dem Werk, Herr Generalmusikdirektor, denn der Orchesterdiener, von dem die scharfzüngigen Philharmoniker immer behaupten, er sei betrunken während des Intonationsprocederes, er lungere bierschwer hinter dem Gewände in den Gängen herum, sieht sich mit der Kehrseite der Kunst konfrontiert. Was vorne im Publikum genüßlich eingeschlürft, mit dem Feinstgehör eingeatmet, vermittelst der beiden Schläfenlappen des Großhirns als Klangwirkung empfunden wird, erlebt der Orchesterdiener als Disphonie. Ja, die holde Frau Musica hat einen Nachtschoß, der Idioten gebiert, musikalische Hottentotten. Was ist der Hinterhof einer Symphonie? Sie, Herr Generalmusikdirektor, wurden noch nie vom polyphonen Druck an die Brandmauer gequetscht, wenn eine Tondichtung durch Sie hindurch- und von Ihnen wegmarschierte. Immer befinden Sie sich an der Glimmerfront, unter taftenen Roben, pomadisierten Kennern. Kein einziger Komponist hat je einen Orchesterdiener miteinkomponiert. Die ganze abendländische Musik ist an uns, den Schramms, vorbeigeschrieben worden. Da ist das Theater fortschrittlicher. Es gibt Stücke, in denen der Theaterdiener, eine Uniform auf dem Arm, quer über die Bühne läuft, von der Souffleuse angezählt, von der Regie eingeplant, vom Scheinwerferkegel begleitet, womöglich auf offener

Szene beklatscht. Doch was kümmern mich die Theaterdiener, ich fühle mich zum Orchesterdiener berufen, ich will nicht Requisiten, ich will Musikalien apportieren. Freilich auch immer nur Musikalien, nie Musik! Schramm ist der menschliche Abfall, der auf der rückwärtigen Flohbühne des absoluten Untalents zurückbleibt, wenn der gigantische gesellschaftliche Akt von kollektiver Tonerzeugung und kollektiver Tonempfängnis durchgespielt ist. Wenn die Begattung des Gesellschaftskörpers durch den Klangkörper zum orgiastischen Beifall geführt hat und dieser verebbt ist, bleibt es Schramm überlassen, Schramm mit der Schaufel zusammenzukehren. Das ist die orchesterdienerhafteste von allen Orchesterdienertätigkeiten, Herr Generalmusikdirektor. Urfers Devise war: klingende Musikalien, klingende Stühle, ein klingendes Dirigentenpult. Was er in die Hand nahm, wurde zum Selbsttöner. Wie oft hat er in einer dunklen Ecke des Unterbaus gesessen, ein Stuhlbein betrillert und das ganze zu Häupten inszenierte Werk mitgespielt! Falsch, falsch, falsch! Kongenialität strebte Urfer an, Kontragenialität Schramm. Wenn der Applaus durch den nach und nach aus der Vollkommenheitsbetäubung zur Lüsterpracht erwachenden Saal tost, wenn Detmar von Hohenlohe immer und immer wieder ins Halbrund seiner Philharmoniker geklatscht wird, wenn sich kandelabrische Foyer-Damen fallsüchtig über die Samtbrüstung der Estrade lehnen, Kußhände werfen und Colliers baumeln lassen, dann kniet der Orchesterdiener in seinem Reich am Boden vor der Mauer und schlägt sich die Stirn blutig, als ob er dergestalt mit dem Kopf durch jene Wand könnte, die ihn von aller Kunst trennt. Auch dies ist ein Auftritt, Herr Generalmusikdirektor, auch er zehrt an der Substanz. Man sagt, es sei der Wunschtraum jedes Orchesterdieners, einmal in seinem Leben, nach einer besonders gelungenen Aufführung, nach einem Konzert der Superlative vom Dirigenten auf die Bühne gewinkt zu werden, erst im Abflauen des Beifalls, wenn schon die Saaltüren aufgestoßen werden, aber doch ins Innere der Muschel, kommentiert mit einer almosenhaften Geste des Maestros: da, auch diese Biermorchel mit dem Klappmeter in der Beintasche hat im verborgenen dazu beigetragen, daß der Abend zu einem Triumph wurde. Ich warne den Berufungsausschuß davor, den Orchesterdiener zu irgendeinem Zeitpunkt auf die Bühne zu wünschen, denn das Podest würde seinem Körperdruck nicht standhalten. So bleischwer ist Schramm geworden von der seinen Adern abgezapften Symphonie, daß er wie ein Elefant die Holzquader durchstampfen würde. Wie das? Ausgerechnet ihn sollte das Gerüst, für das er verantwortlich ist, nicht tragen? Und sechzig Musikausübende sind kein Gewicht? Der Künstler ist schwerelos, er gießt sich in sein Instrument um. Man benennt ja die Ensemble-Mitglieder nach ihren Tonwerkzeugen: das Fagott ist zu spät gekommen, die Harfe streikt, das Blech meutert. Der Orchesterdiener würde, vermöchte er sich aufzurappeln, um nach vorne ans Geländer zu treten, durch knackendes Brennholz trampeln. Sämtliche Philharmoniker bis zum hintersten Triangel-Spieler müßten die Ärmel hochkrempeln und Hand anlegen, um einen einzigen Auftritt ihres verschwitzten, imbezil verstörten Formationstrottels zu reparieren. Schramm will nicht einheimsen, was ihm nicht gebührt; der Applaus wirkt ja so, als klatschten tausend Ohrfeigen in sein Gesicht. Wenn er an die Ambrosiahalle berufen wird, wessen er satzweise so gewiß ist, daß er schon beinahe daran denkt, sein Demissionsschreiben in die Bewerbung einzuflechten, wird er eher umgekehrt verfahren und die Musiker mitten aus der Ovation heraus durch den Artisteneingang lotsen, um ihnen einmal zu zeigen, was ein Schatten-Dirigat ist, was es heißt, das Chaos zum Publikum zu haben. Er würde ihnen glaubhaft machen, daß der Orchesterdiener der einzige Solist ist, der bei der Aufführung symphonischer Dichtungen mitwirkt: ein Solist im Ertragen der Musik. Jede Note wird aus unserem Fleisch gezupft, Herr Generalmusikdirektor! Nichtsdestotrotz, obwohl er diese übermenschliche Leistung vollbringt, ist Schramm auf dem Posten. Vorne inexistent, hinten omnipräsent. Just in der Ovationsphase hat er alle Hände voll zu tun. Wenn die Philharmoniker ihren Vollendungsinfarkt erreicht haben und es aus dem Saal heraufbrandet, eilt der Orchesterdiener, der sich eben noch wie ein Epileptiker schäumend am Boden gewälzt hat, blitzschnell zur Tür, wo er dem Maestro, den er durch die Guckklappe beobachtet hat, wie er sich immer und immer wieder auf Schramms Rücken verbeugte, nicht nur Einzelspalier stehen, sondern auch ein Exzellent ins Gesicht schleudern muß, ein Unübertroffen, ein Nochniedagewesen, denn es liegt in der Natur aller Exekutivkünstler, insonderheit aller Dirigenten, daß sie vom ersten Lebewesen, das ihnen im Augenblick, da sie aus ihren Sphären wieder auf den Erdboden zurückgeholt werden, begegnet, um nicht zu sagen in den Weg tritt, eine kürzestfeuilletonistische Würdigung des soeben Vollbrachten hören wollen. Und dann gilt es, klug Applaus-Regie zu führen, wozu der Orchesterdiener nur bei absoluter Bravissimo-Enthalt-

24

samkeit, was seine Person betrifft, in der Lage ist. Es gilt, Detmar von Hohenlohe im richtigen Moment aus dem Ovationsorkan zu nehmen und ihm beim Tempieren des Wiedereintritts behilflich zu sein. Will ein Dirigissimus zum Beispiel sofort in den Applaus zurück, muß man ihn, auf die Gefahr hin, daß sie reißen, mit aller Gewalt an den Frackschößen zurückhalten: nur was man der Menge entzieht, aber nicht zu lange darf man es ihr entziehen, macht man ihr auch wieder begehrenswert. Ich übertreibe wahrlich nicht, wenn ich behaupte: der Dirigent ist in diesem Moment eine hilflose Aberntungspuppe an der behaarten Hand des Orchesterdieners. Kommt eine Kapazität wie Klinkhammer oder van Impe an einem Festspielabend nicht mindestens auf zehn Applausauftritte – im Theater spricht man von Vorhängen, im Tonbetrieb von diminuierenden oder augmentierenden Persönlichkeitskodas –, stimmt etwas mit dem Türhalter nicht. Und dann, wenn alles vorbei ist, wenn die einzelnen Philharmoniker das Muschel-Heiligtum verlassen, wird der Orchesterdiener doch noch ein klein wenig für die erduldeten Demütigungen entschädigt. Sie haben sich völlig verausgabt, sie schleichen wie heruntergekommene, zuschanden gerittene Violas, Hörner, Celli an ihm vorbei. Ein total entgottetes Fagott, das Fagott, Herr Generalmusikdirektor, man könnte es gleich unter die Bühne schmeißen, auf den instrumentalen Schrottplatz, wo das Harmonium verstaubt, wo ausrangierte Kesselpauken von Haydns G-Dur-Symphonie träumen. Man merkt, daß die Philharmoniker dem Hauch des Nihilistischen, der sie streift, während das Publikum von ihnen wegstrebt, sie indessen hinunter in den Bläserbunker, in das Streicher-Zimmer müssen, um ihre Idiophone und Aërophone einzusargen und den verschwitzten Frack in den Garderobenschrank zu schließen, nicht gewachsen sind. Für jeden Künstler ist der Augenblick nach dem verebbten Applaus der kritische, was er durchmacht, ist eine kurzfristige Entlassung, um nicht zu sagen Enterbung. Ich brauche dich vorläufig nicht mehr, echot das Meisterwerk in ihm. Und da beneiden sie alle Schramm um seine Abwartsfunktionen, jeder möchte gern einen Besen in die Hand nehmen, einen Schalter bedienen, einen Kontrollgang machen dürfen. Sie müssen Schramm darum bitten, ein verklemmtes Schloß am Instrumentenkoffer zu reparieren; ja, alle benützen Schramm als Schuhlöffel, um ins Leben zurückzufinden. Der flehentlichen Schramm-Beschwörungen ist kein Ende. Es genügt in dieser Kehrausstimmung im Treppenhaus, einen Philharmoniker als solchen anzusprechen, schon ist er von der Sinnlosigkeit seines Berufs überzeugt. Also triumphiert der Orchesterdiener letztlich, werden Sie mich namens des Berufungsausschusses fragen müssen, Herr Generalmusikdirektor, doch? Also rächt er sich an den desintegrierten, disengagierten, deroutierten Künstlern für sein Untalent, indem er geschäftig herumrennt und seine Utilität und Ubiquität schamlos zur Schau stellt? Ach, gönnen Sie ihm diesen Pyrrhussieg, sein scheinbarer Vorteil besteht nur darin, daß die Atmosphäre, welche die Artisten nach Schluß der Aufführung anekelt, sein tägliches Arbeitsklima ist. Insgesamt, alles ineinander verrechnet, bleibt es doch dabei, daß die Musik ihre Lieblingskinder, die Hör- und Tonerzeugungsbegabten, auf das höchste beglückt, Schramm dagegen k. o. schlägt, und im Gegensatz zum technischen K. o. im Boxsport würde ich dies einen musischen

Nichtberücksichtigungs-K. o. nennen. Da fragt man sich natürlich zu Recht, ob ein solcher Mann, der sich in Wirklichkeit um eine von Geburts wegen verweigerte Begabung und nicht um einen Posten bewirbt, der richtige Mann sei im Ambrosiahallengefüge. Wie kann einer dem Orchester dienen, lautet der ganz simple Einwand, wenn ihn die Musik, die oberste Herrin der städtischen Philharmonie, zum Invaliden macht? Genießen Sie die Berechtigung dieser Rückfrage, Herr Generalmusikdirektor! Schramm verheimlicht sein Gebrechen nicht, wiewohl es kein Arzt bei der sanitarischen Stellenantrittsmusterung diagnostizieren würde. Sein Gehörschaden ist ein innerster, von keinem Ohren-Nasen-Hals-Spezialisten zu beheben. Trotzdem will Schramm den Dienst, will er den körperlichen Ruin, denn seine Gesundheit ist das einzige, was er als tauber Stockfisch der Musik opfern kann. Wer nicht hören will respektive kann, muß fühlen! Was Musikalität bedeutet, wie es in einem akustisch verwöhnten Resonanzgemüt zugeht, ist für mich schwer vorstellbar. Es muß sich um eine Mechanik handeln, ähnlich der Tastenmechanik im Piano. Die gespielten Töne setzen mittels feinster Pilotendrähte und Wippen ein Heer von Filzhämmerchen in Bewegung, welche den goldkupfernen Saitenbezug im Innern der Tonmimose bearbeiten. Ein Hammerwerk, ihre Begabung, ein Hammerwerk. Zur Musik finden heißt schon als Instrument geboren, heißt als Instrument behandelt und gepflegt werden, Herr Generalmusikdirektor. Als Viola da gamba müßte man zur Welt kommen, Schramm kann nicht einmal eine entfernte Verwandtschaft mit einem ausgebombten Schifferklavier nachweisen, aus dem die Drähte starren. Darum gibt es für ihn keinen andern Zugang zur Ambrosiahallengesellschaft als denjenigen über die Hintertreppe einer Orchesterdienerberufung. Ich bitte Sie demütiglichst, Herr Generalmusikdirektor, die von Ihnen präsidierte Kommission in der Richtung zu beeinflussen, daß man sich im Gremium geneigt zeigt, sich der Schrammschen Wenigkeit zu bedienen. Betrachten Sie meine Kandidatur wie den Antrag des anfängerhaftesten Volontärs eines leicht zu ersetzenden Tutti-Geigers um eine nichtige Ergänzung des Orchestermaterials, und vergessen Sie nicht, nach der Lektüre meines Bewerbungsschreibens die Hände zu waschen! Mit vorzüglicher Hochachtung, Schramm.

Diabelli,
Prestidigitateur

Eine Abschiedsvolte
für Baron Kesselring

Seine Exzellenz, Baron Harry Kesselring, langjähriges Gönnermitglied des Magischen Zirkels, der deutschen Vereinigung zur Förderung der Zauberkunst, hatten unlängst die Güte, sich brieflich nach meinem Ergehen als Künstler und Mensch zu erkundigen, nach meinen Plänen und dem Verlauf meiner Karriere, von der Herr Baron anzunehmen geruhten, sie könne sich nur noch, einem Hyperbelast gleich, der Asymptote der Unikalität nähern, weshalb mir der Titel eines Maître de Magie gebühre, eines Roy des Prestidigitateurs. Dank, Dank, Dank, wenngleich Ihre Elogerie in eine Zeit fällt, da sich Grazio Diabelli in Schwierigkeiten verstrickt hat, aus denen ihm keine Entfesselungsakrobatik hilft. Herr Baron schlossen mit dem Wunsch, unsere Wenigkeit möchten zur Feier des sechzigsten Geburtstags Ihrer Exzellenz auf der Wacholderhöhe vor versammeltem Adel, Adel des Geistes, versteht sich, eine Kostprobe unseres Könnens liefern, ein Allegro von Bravourstücken mit dem Qualitätssiegel Diabellis als artistischen Höhepunkt einer rauschenden Ballnacht, als Schlußbukett des Feuerwerks der zu Ehren Eurer Exzellenz abgehaltenen Festlichkeiten. Das Ansinnen ehrt mich. Leider wird Grazio Diabelli dieser Einladung nicht folgen können, verehrter Herr Baron, denn als Prestidigitateur und Großillusionist bin ich aller Wahrscheinlichkeit nach restlos vernichtet; nichts deutet darauf hin, daß ich diese meine letzte Hokuspokuskrise noch einmal überwinden werde, wie ich schon so oft einem Springteufel gleich aus einer Virtuositätsdepression wieder hochgeschnellt bin, laufend Depressionen komprimiert und in Verblüffungseffekte transformiert habe – und lediglich aus Anlaß Ihres Jubelfestes meine Melancholie abzustreifen respektive in eine vollbengalische umzuwandeln, liegt, so paradox dies aus dem Mund eines Zauberers klingen mag, außerhalb meiner Macht –; nein, ich stehe, wenn die Diagnose nicht täuscht, vor dem Bankrott meines Innersten, und zwar hat mich nicht das werte Publikum, das mir an der letzten Kaltmagiergala in Stockholm, einer Benefizvorstellung für Querschnittgelähmte, zujubelte, abgeschrieben, nicht die Schaumenge, von der der Künstler immer meint, das Schlimmste befürchten zu müssen, eine Bloßstellung, Skalpierung, ein Abbalgen der Haut auf offener Bühne, wie es tatsächlich Pinetti widerfuhr, dem Professor für amüsante Physik, der bekanntlich in Leipzig, statt das Karo-As an die Tapetenwand zu schießen, blind ins Parkett feuerte; nicht von vorne kam die Attacke, ich selbst, der unsterbliche Diabelli – in Wirklichkeit geisterte ich schon längst nur noch als scheintoter Artist durch die Varietés Europas – habe den Blick hinter die eigenen Kulissen nicht mehr ertragen, ich habe meine Agentur, eine Dauerohnmacht des Managers Affentranger in Kauf nehmend, angewiesen, Paris, Lyon, Marseille unverzüglich abzusagen, nach Salzburg zu telegraphieren, der wegen der Hintergrundadaption ohnehin umstrittene Auftritt in der Felsenreitschule finde nicht statt, Chur zu schockieren mit der Nachricht, Diabelli im Koma seines Künstlertums, auf die Gefahr hin, daß Chur prozessiere, und auch auf der Wacholderhöhe wird es, unerachtet Ihres huldreichen Mäzenatentums, Ihrer jahrzehntelangen Verdienste um die Förderung der Zauberei im allgemeinen und meiner Täuschungskunst im besonderen, keine Salonmagie mehr geben für die Nobilität, dem Jubilar stünde an Ihrem Fest – und es jubiliert ja die ganze Baronie – der Prestidigitateur und Juxbaron als Konkursit gegenüber. Mein Fallissement ist total. Ausgezaubert, dies ist mein letztes Wort, wenn auch ein ausführliches, denn zuvörderst bin ich Ihnen, dem Bewunderer meines Talents und Kapitalgeber für meine Ausrüstung, eine Erklärung schuldig, wie es zur großen Desillusionierung gekommen ist, weshalb Herr Baron Kesselring, derweil Herr Baron glaubten, er investiere in ein Genie, in einen Kretin investierten. Und zwar werde ich versuchen, diese Erklärung einzubetten in einen interdisziplinären Tour d'horizon über die Zauberkunst, zum einen, weil mir die Rechenschaft schwerer fällt, als Sie vielleicht denken, bin ich doch in der Tarnrede geübt und nicht im Enthüllen, Bekennen, Beichten; zum andern, weil Herr Baron schon seit geraumer Zeit ein solches Elaborat aus Diabellis Feder wünschten zwecks allfälliger Verwendung in der Zeitschrift Abracadabra, dem Fachorgan für Laien und Liebhaber der weißen Magie. Meine Devise kann jedoch nur heißen: perire et delectare.

José Antenor Gago y Zavalo Marquis d'Orighuela, L'homme masqué genannt, der magische Poet mit den Feenhänden, ein Artist für verwöhnteste Kenner, Schützling der Gräfin Helene von Nostitz-Wallwitz, soviel ich weiß auch des Grafen Leopold von Andrian: lange habe ich nicht begriffen, weshalb er bei allen Vorstellungen eine schwarze Augenlarve trug, um so weniger, als er infolge seiner digitalen Geschmeidigkeit nie hätte eine Panne, nie eine kapitale Apperzeption befürchten müssen. Kompromißlos in der Anwendung der Überfallstaktik. L'homme masqué näherte sich, sobald er vor das Publikum trat, einer Dame, die einen duftigen Schal um die Schultern trug, welchen er sich erbat, o nicht nur erbat, vielmehr in einer Galanterie sondergleichen von ihrer Büste wand, um ihn zusammenzufalten, einen Augenblick vor der Frackbrust zu schwenken und urplötzlichst mit einer Handverbeugung eine flache Glasschüssel, gefüllt mit feinsten Bonbons, darunter hervorzuziehen, die er der Dame, welche natürlich über jeden Verdacht vorgängiger Absprache erhaben sein mußte, ebenso dezidiert dedizierte, Anzüglichkeiten, ihre Schönheit betreffend, unter die lutschechten Bonbons schmuggelnd. Der Bann war gebrochen, L'homme masqué von jener Aura umgeben, welche schnöde Requisiten in Devotionalien verwandelt – aber, wertester Baron, Diabelli hat in einem schmerzhaften Ablösungsprozeß von José Antenor einsehen lernen müssen, warum der peruanische Edelmann, der ebenso rätselhaft, wie er kometengleich aufgestiegen war, aus den Salons verschwand und kurz vor dem Ersten Weltkrieg in Galizien verschollen ging, sein Gesicht, seine Facies hippocratica verbergen mußte. Die unschuldige Kindergebärde, decke ich meine Augen zu, siehst du mich nicht, mit dem Faktor artifiziellster Verdorbenheit multipliziert. L'homme masqué: Während meiner Ausbildung zum Prestidigitateur ein magischer Name, heute nur noch eine Formel für glanzvolles Scheitern. Nicht weil er etwas zu verstecken gehabt hätte, maskierte sich der Marquis und verkroch sich in einem sechsstelligen Pseudonym, sondern weil es, je virtuoser er auftrat und Luxusdamen mit Bonbonnieren beglückte, nur immer desto weniger zu verbergen gab und, wenn der Vorhang fiel, falls überhaupt noch einer fiel, nichts mehr von ihm übrigblieb als eine Papiertüte mit Klappgefühlen. Sein spezifisches Gewicht als Mensch, wenn Herr Baron die Güte haben, mich verstehen zu wollen, näherte sich demjenigen eines absolut tödlichen Gases.

Damit hängt Diabellis Krise zusammen. Habe illudiert und illudiert und dabei mein Selbst verjuxt, begonnen als Schüler Karachos unter dem Decknamen Santambrogio, Triumphe gefeiert mit der Zersägten Jungfrau als Angelo Masturbanni, die Wirbelwindzauberei perfektioniert als Wendolin Mondelli alias Graziani alias Grazio Diabelli etcetera; verändert sich ein Magier beruflich, das heißt, macht er sich ein neues Trickfeld untertan, verändert er auch seinen Künstlernamen, um seine Glanznummer gleich personifizieren zu können. Who is who in unserem Metier, die Frage könnte ein Heer von Mystifikations-Spezialisten beschäftigen. Man moduliert sich von einer Tonart in die andere, und um herauszufinden, als wer ich eigentlich zu Ihnen spreche, Baron Kesselring, muß ich Diabelli in Graziani, Graziani in Mondelli, Mondelli in Masturbanni, Masturbanni in Santambrogio zurückübersetzen. Ich fürchte, daß auf dem Scheitelpunkt meiner Karriere im alter-egoistischen Fächer kein Ich mehr übrigbleibt, sich zum Bankrotteur zu bekennen, restlos, daß, wenn ich den Ruhm Grazianis für denjenigen Diabellis, den Ruhm Mondellis für Grazianis Ruhm zurückersteigere undsofort, ich am Schluß mit leeren Händen dastehe, und eigentlich wäre meine letzte Chance die, den Traum aller großen Fluchtillusionisten zu verwirklichen: Diabelli und Konsorten unter Verzicht auf das Schwarze Kabinett, ohne Levitationskünste und Spiegelzauberei zum Verschwinden zu bringen, allenfalls wie die Indischen Fakire am Seil, an dem ich meine Bewunderer heruntergelassen habe, emporzuklettern und mich in Nichts aufzulösen. Wie das gemacht wird, meine Damen und Herren, überlasse ich der Phantasie jedes Einzelnen – mein Plattenspruch aus den Lehr- und Wanderjahren mit der Kreissäge. Mir ist bewußt, daß ich nach wie vor an den Eid gefesselt bin, den ich bei der Aufnahme Masturbannis in den Magischen Zirkel abzulegen hatte: Nie verrate ich meine Kunst! Ein Mein-Eid. Was, wenn die Kunst mich verrät? Einzig mit einer sprachlichen Trickhandlung könnte es gelingen, mich von diesem Versprechen loszusagen, Herr Baron. Wie in einem Vexierbild soll meine Kapitulation versteckt sein.

Meine Erinnerung an die Jugend ist die Erinnerung an das verdammt schale Gefühl, die andern erwischt zu haben. Himmel und Hölle nannte sich das Spiel, das eine Zeitlang bei uns an der Primarschule grassierte. Es bestand darin, daß man mit dem aus einem quadratischen Blatt gefalzten Salzfaß abwechselnd die blaue und die rote Spalte öffnete, die Zahl nachbetend, die das Opfer angegeben hatte, das dann je nachdem im Himmel oder in der Hölle landete. Es gab einen simplen Trick, den Mitschüler mit Sicherheit in die Hölle fahren zu lassen, man mußte bei geraden Zahlen mit blau, bei ungeraden mit rot beginnen, was aber bald der Dümmste herausbekam, so daß ich, der ich mich mit der mir eigenen Ultrarigorosität in allem, was ich an die Hand nahm, sofort auf diese kleine Papierhölle spezialisierte, genötigt war, von mir aus, aus einem Fundus frühkindlicher Verdorbenheit schöpfend, das Falschzählen zu erfinden, den sogenannten Elmsley Count, der bei Kartenmanipulationen die größte Rolle spielt, für den schülerhaften Hausgebrauch den Elmsley Count, aus mir heraus, nicht angelernt – das war ja das Unbegreifliche, woher diese Originalität als Perfidie –, und zugleich die viel wichti-

gere Taschenspielergrundregel entdeckte, daß Mental-
schläue immer mit Handfertigkeit gepaart sein muß,
wenn die Sache hinhauen soll; demzufolge falzte ich
meine Schnappfallen aus geschmeidigem Glanzpapier,
das mir erlaubte, eine geschlossene Position mitzuzählen,
und ich ging sogar dazu über, die Pyramide einhändig zu
bedienen – denken Sie an den historischen Schritt: Volte,
Charlier-Volte –, dergestalt, daß ich die rote und die
blaue Spalte nur noch aufblitzen ließ, nur noch mit
Farbzitaten arbeitete – das, wenn du Zeit gehabt hättest,
hinzugucken, wäre blau gewesen –, so allmählich ins
Prestidigitatorische hineinkam und jeden todsicher in der
Hölle hatte, ob er zwölf oder dreizehn sagte, das Auszäh-
len war nur noch eine numerische Verhöhnung seiner
Scheinfreiheit zwischen gerade und ungerade.

Diese Fertigkeit trug mir Re-, aber auch Despekt ein,
sogar bei den Schulmeistern, als Himmel-und-Hölle-
Wunder wurde ich von Tür zu Tür geschickt, gastierte
vor der Wandtafel des Französischlehrers, schickte das
gesamte Progymnasium einschließlich des Mathematik-
professors, der die Falschzählmethode zwar durchschau-
te, nicht aber meine Anwendung, ins Purgatorium aus
scharlachrotem Foliopapier, war, innerhalb des Schul-
hauskomplexes, ein fahrender Gaukler. Doch wenn das
Spiel vorbei war, die Neugierde abgewetzt, saß ich selbst
in der Höllentüte, falzte meine Vierspitzen-Pyramide
auseinander und betrachtete das Muster der farbigen
Dreiecke, den aus der räumlichen Mirakelwirkung in die
Ebene zurückgeklappten toten Apparat, erlebte schon so
früh den Kater nach verebbtem Applaus, das Hintertrep-
penhafte der Sensation, das Sterben der Nummer und
jenes Departementes im Zauberer, das für sie verant-

wortlich zeichnete, war mit dem schäbigen Wissen, wie's gemacht wird, allein, und alle Teufelskunst half mir nicht, in solchen Situationen einen Freund herbeizuzaubern, der vergessen hätte, was ich kann, mich als seinesgleichen behandelt hätte. Wie oft in meiner Schulzeit an endlosen Regennachmittagen stand, kniete ich vor der Milchglastür des Windfangs im Elternhaus und wartete darauf, daß einer von sich aus auf die Idee käme, mich aufzubieten, abzuholen, es war, wenn sich ein Schatten zeigte, meistens der Pöstler, der Makulatur austrug; nie, so weit ich mich zurückerinnere, hat ein Schüler mich aus meiner Haft befreit, und das Emailtäfelchen an der schweren Eichentür, Betteln verboten, habe ich stets auf mich bezogen, ich war der Hausierer auf der falschen Seite, der Hausierer im Interieur.

Tja, eine Disparitionsmechanik zur Eliminierung seiner selbst zu konstruieren, wäre vielleicht noch eine lohnende Aufgabe für den Lebensabend eines abgedankten Magiers; das Endziel aller Flucht- und Wirbelwindillusionisten, der geheime Limes ihrer Kunst war, sich so rasch, so rätselhaft wie möglich in nichts aufzulösen. Wenn es bisher noch keinem überzeugend gelang, mit einer Ausnahme, auf die ich gleich zu sprechen kommen werde, lag es teils an der Schwerfälligkeit der Hilfsapparate, teils am mangelnden Willen des Künstlers, à fond zugrunde zu gehen. Ich erinnere Sie aber, werter Baron, an das Aufsehen, das Buatier de Kolta im New Yorker Hippodrome erregte, als er auf offener Bühne einen fünfunddreißig Zentner schweren Elefanten verschwinden, angeblich nach Burma verschwinden ließ. Ganz Amerika hat sich darüber den Kopf zerbrochen, weil ganz Amerika nicht sehen konnte und wollte, daß der

Dickhäuter nach dem Wegdrapieren noch da war. Es kommt bei der Disparition nicht, wie der Laie meint, und der Laie ist in den Augen des Scharlatans immer der Dumme – to fool the audience, sagen die Engländer –, nicht auf möglichst zusammenknautschbare Gegenstände an, also nicht nur mit Musselintüchlein und Papierblumen gelingt der Trick, entscheidend ist die Technik des Wegdrapierens, von Buatier de Kolta so meisterhaft beherrscht, daß er, nachdem er die gelbe Seidendecke abgezogen hatte, das Vakuum, das der verschwundene Elefant Roswitha hinterließ, anscheinend – scheinbar, um es korrekt zu sagen, scheinbar und anscheinend werden ja ausgerechnet in den Simulier-Berufen ständig verwechselt – durchschritt, auch mit der Dressierpeitsche hindurchstach, was hinwiederum nur bewerkstelligen kann, wer, wie Buatier, über eine circensische Elefantenerfahrung verfügt, wer über die Psychologie der Urwaldtrotter ebensoviel weiß wie über die Psychologie derer, die er, unter Applaus, für dumm verkauft; niemand kam auf die Idee, und dies ist bezeichnend für die vereinigte Beschränktheit der Vereinigten Staaten von Amerika, Buatier de Kolta, bei John Nevil Maskelyne in die Schule gegangen, habe seine Roswitha palmiert, gerade die absolute Unpalmierbarkeit eines fünfunddreißig Zentner schweren Säugetiers, vielmehr die geschickt zur Schau gestellte Immobilität des Objekts überzeugte das sensationslüsterne Publikum vollends davon, daß ein solcher Koloß nicht im Handumdrehen, nicht mit Hilfe von wirbliger Simsalabim-Mesmerei zu beseitigen sei, und sehen Sie, Exzellenz, darauf kommt es an, auf eine möglichst bedrohliche Präsenz des Eskamotiergegenstandes, den der Zuschauer schließlich um jeden Preis von der Bühne haben will – Herrmann, der Liebling Mephistos, gilt als Begründer der sogenannten Requisiten-Hypnose, nie hat er sein Paradestück des verschwundenen Talers vorgeführt, ohne die Münze zuvor auf den Tisch zu knallen, wieder und wieder, bis die Spektatoren vom Klang des Metalls oreillär betäubt waren, erst dann griff er nach dem umballten Geldstück, wobei die Art, wie die Rechte Faust spielte, nicht minder faszinierend war als das überraschende Vorzeigen der leeren Linken, Faust spielte unter soufflierender Mithilfe des Publikums, denn ihm wird suggeriert, es müsse sich wünschen, was der Manipulator demonstriert. Das Publikum ist die unbezahlte, die Eintrittsgeld entrichtende Souffleuse des Schnellfingerartisten.

Item, was die Eigendisparition betrifft, die mich auf das nachhaltigste beschäftigt – dem Marquis d'Orighuela traue ich zu, daß er vorsätzlich in Galizien verschollen ging –, rätselt ja die Fachwelt noch heute am Unfall des amerikanischen Illusionisten William Ellsworth Robinson herum, der sich den Schädel kahl rasieren ließ und als Chinese Chung Ling Soo Triumphe feierte. Wieder so eine Alias-Figur! Sein Standard-Trick war der Schuß ins Leere, bekanntlich von Eugène Robert-Houdin ad parnassum geführt, Robert-Houdin, den die französische Regierung 1856 nach Algerien schickte mit dem Auftrag, die aufwieglerischen Marabuts zu entzaubern. Er tat dies, indem er die auf fünfzehn Schritt vom Medizinmann abgefeuerte Kugel mit den Zähnen auffing und lächelnd sagte: Du kannst mich nicht verletzen, aber du sollst sehen, daß mein Zielen gefährlicher ist als das deine. Damit nahm er die zweite Pistole und schoß auf eine weißgetünchte Wand. Ein großer Blutfleck erschien. Der

Marabut, nachdem er seinen Finger ins Blut getaucht und sich davon überzeugt hatte, daß es echt war, ließ, wie der Begründer des Théâtre Robert-Houdin in seinen Confidences schrieb, die er auf seinem Besitz Prieuré in vollkommener Abgeschiedenheit verfaßte, vernichtet sein Haupt auf die Brust sinken, der algerische Aufstand war der gebrochenste. Chung Ling Soo nun ließ 1918 im Londoner Wood Green Empire Theatre als Clou seiner Abschiedsvorstellung aus zwei Musketen auf sich schießen. Die Patronen waren, wie immer, markiert. Im Pulverdampf brach der Schamane zusammen, der Vorhang wurde so schnell gezogen, daß die vivatschreienden Besucher meinten, der Tod, so trefflich gemimt, gehöre zur Nummer. Der Schuß war aber nicht ins Leere gegangen, sondern ins Herz, sofern bei einem Magier von einem solchen gesprochen werden kann, und derweil Chung Ling Soo vor der Bühne herausgeklatscht wurde, wurde er hinter der Bühne abtransportiert, um noch auf dem Weg ins Hospital seinen allerinnersten Verletzungen zu erliegen. Selbst die Todesnachricht in der Times wurde für eine virtuose Dreingabe gehalten. So war es, Baron Kesselring: Während alle Welt glaubte, Chung Ling Soo habe sich programmgemäß füsilieren lassen, hatte sich William Ellsworth Robinson programmgemäß füsilieren lassen, er, der Imitator des echten Chinesen Ching Ling Foo, nahm auf offener Bühne vor aller Augen die kaltblütigste Entleibung vor, die die Zauberhistorie kennt. Wie gesagt, man rätselt am Motiv herum, aber für mich ist es kein Rätsel mehr, seit ich begonnen habe, die schillernde Haut Diabellis abzustreifen: Robinson mußte den tödlichen Beweis erbringen, daß er gelebt hatte.

Von alters her hat das fahrende Volk der Windbeutel und Taschenspieler, die so geheißen wurden, weil sie aus dem umgehängten Fortunatssäckel zauberten, mit der Vorführung von Scheinleben geglänzt, hochwohllöbliche Baronität, freilich waren es nicht die Erfinder selbst, sondern Mechanikusse zweiten und dritten, aber Scharlatane allerersten Grades, welche die Lust der Menge nach Wettermacherei auszubeuten verstanden. Vaucanson mußte seine künstliche Ente, die nicht nur die Flügel schlagen, sondern Futter picken und es mechanisch verdauen konnte, in Nürnberg, der Hochburg genialen Uhrmacherspielzeugs, verpfänden. Kopfzerbrechen bereitete dem 18. Jahrhundert Die Unsichtbare Engländerin. In einem hellerleuchteten Saal hing, frei schwebend, eine Verbindung mit den Wänden des Kabinetts schien ausgeschlossen zu sein, ein transparenter Kasten mit einem Sprachrohr, aus dem auf intimste Fragen intimste Antworten ertönten. Chevalier Pinetti de Villedale trug seinen Großsultan, der mittels Glockenschlägen den Wert einer gezogenen Karte angab, auf dem Arm im Saal herum, um zu beweisen, daß er selbständig arbeite, damit das ganze Auditorium auf den Arm nehmend. Das Zeitalter der Vexiersprech- und Vexierdenkmaschinen, Baron. Während die erlauchtesten Geister, zu denen Ihre Vorfahren gehört haben, die sogenannte Aufklärung vorantrieben, sabotierten sie die Konstrukteure der Androiden. Ausgeklügelte Vernunft in allen Köpfen, aber auch eine Feinmechanik des Scheinlebens. Hofrat Wolfgang von Kempelen, wenn Ihnen der Name etwas sagt, baute für die blinde Klaviervirtuosin Therese von Paradis einen Apparat mit der Stimme eines vierjährigen Kindes, bestehend aus einem Blasbalg, welcher die Lunge ersetzte, aus einer Windlade mit inneren Klappen und einem Stimmrohr anstelle der Stimmritze. Selbiger Hofrat von Kempelen verblüffte das 18. Jahrhundert mit seinem Schachautomaten. Es war Kempelens Schachautomat das Nochniedagewesenste auf dem Gebiet der Roboterkunst. Ein mechanisch gesteuerter Türke thronte hinter einer Schachtruhe und setzte jeden Gegner aus dem Publikum innert kürzester Zeit matt. Der Kasten war in schrankartige Abteilungen gegliedert, die Türen wurden der Reihe nach geöffnet und erlaubten dem Zuschauer einen Blick ins Getriebe. 1804, nur so viel noch zur Historie, ging die Kombinationsmaschine in den Besitz Nepomuk Mälzels, des Erfinders des Metronoms, über, und es bedurfte zur Lüftung des Geheimnisses, kurz bevor der Apparat dem Brand des Chinesischen Museums in Philadelphia zum Opfer fiel, des detektivischen Scharfsinns eines Edgar Allan Poe. Poe nämlich stellte fest, daß die Türen nie gleichzeitig, sondern nacheinander und immer in derselben Reihenfolge geöffnet wurden. Er entlarvte, nachdem er eine leichte Bewegung in der linken Schulterdraperie festgestellt hatte, den schachmattisierenden Türken mit einem zurückgenommenen Zug. Die Reaktion des Trickautomaten bewies ihm, daß dieser nicht auf die Vermittlung Mälzels angewiesen war. Zitiere sinngemäß Poe: Daß der Automat einen Zug machen wollte, ist offenbar, die Ursache aber, daß er es nicht getan hat, war ohne jede Vermittlung Mälzels der widerrufene Zug des Gegners, welche Tatsache erstens beweist, das die Vermittlung Mälzels, der die Züge des Partners auf dem Schachbrett des Automaten wiederholt, für seine Bewegungen gar nicht nötig ist, zweitens und in logischer Folge, daß diese Bewegungen durch den Verstand eines Menschen bewerkstelligt werden, der das Feld seines Gegners überblicken kann. Soweit Edgar Allan Poe, Herr Baron, der etwas Wesentliches herausfand: Alle, die vor ihm gegen die Maschine angetreten waren, hatten sich darauf konzentriert, den mit seinem Turban tatsächlich wie echt wirkenden Türken zu besiegen, wo man ihn doch nur schlagen und damit Mälzel ruinieren konnte, wenn man, wie Poe, willentlich gegen ihn verlor, sich munter dem Matt unterzog. Kempelen, in Klammern gesagt, wäre dies kaum passiert, aber Mälzel, zur Strafe dafür, daß er das Metronom erfunden hatte. Kein Publikum ist willens, sich dem Matt eines Zauberers zu unterziehen. Wäre es dies, könnte unsere Gilde zusammenpacken. Mälzels Gehilfen übrigens waren so vortreffliche Schachspieler wie Schlumberger oder Allgaier. Da man sich Kapazitäten vom Kaliber eines Schlumberger oder Allgaier immer in Denkerpose vorstellt und nicht in der verqueren Lage eines Ungemachs – Denken braucht Platz –, war dem Schachautomaten bis zum Auftreten Poes, des Sherlock Holmes unter den Desillusionisten, der größte Erfolg beschieden.

Die Kinder, les enfants, the children, i bambini, sagen alle Meister des magischen Fachs, sind das undankbarste Publikum, aus dem einfachen Grund, weil Kinder zwischen Wirklichkeit und Trugwerk nicht unterscheiden. Lag die Kugel eben noch unter dem Becher, liegt die eskamotierte Kugel ebenso selbstverständlich nicht mehr unter dem Becher. Mich hat in meiner Kindheit als Zauberer immer alles Künstliche, Gemimte, Supponierte, Imitierte, Spiegelbildliche, Vexatorische, Halluzinatorische, Phantasmagorische fasziniert, nie die Realität und insonderheit nie die Natur. Stundenlang konnte ich mich mit einer silbernen Zwiebackpackung beschäftigen, in deren Medaillon das Schattenbild eines Rokoko-Gecken zu sehen war, der ein ebensolches Paket in der Hand hielt, mit einem ebensolchen, nur viel kleineren Oval, in dem ein ebensolcher Geck, etcetera. Das Perpetuum mobile der Fabel vom hohlen Zahn, in dem ein Kästchen verborgen ist mit einem Brief, worin die Geschichte vom hohlen Zahn aufgeschrieben steht, ließ mir keine Ruhe. Als ich entdeckte, daß man, vor einem Spiegel stehend, mit einem zweiten, hinter das Ohr gehaltenen Frisierspiegel das Ich vervielfachen kann bis ins Unendliche, blockierte ich das Badezimmer. Wo meine Eltern Toilette machten, erprobte ich die Kindermaske eines Tausendkünstlers. Mich verbergen, erscheinen, aus dem Nichts auftauchen und wieder dahin verschwinden: existentielle Knalleffekte waren meine Knabenspiele, Herr Baron, nicht Seilspringen, Paradieshüpfen, Völkerball und dergleichen Hafenkäse. Es mag Ihnen wie eine Anekdote vorkommen: Als der Lehrer einmal fragte, welche Wörter man steigern könne, antwortete ich: die Namen. Und als er mich belustigt aufforderte, meinen Vornamen zu steigern, steigerte ich meinen Vornamen, bildete, unter Gelächter, den Komparativ zu Xaver und den Superlativ zu Xaver: am Xaversten. Ich war der Xaverste, der Spottname wurde zur Rangbezeichnung, wenn es galt, etwas Verrücktes herauszuklamüsern. Lieber als über Schulaufgaben brütete ich über Vexieren, die im Pestalozzikalender, manchmal auch im Blindenkalender, paradoxerweise im Blindenkalender abgebildet waren: Das sogenannte Zöllnersche Muster, von Professor Zöllner anläßlich der Siegesfeiern nach dem Deutsch-

Französischen Krieg in Leipzig entdeckt, als er glaubte, die mit spiralenförmigem Reisiggewinde bekränzten Triumphmasten stünden schief; die verschobenen Quadrate, die Treppentäuschung, das verhexte Blockmuster. Ich war der Xaverste im Lösen von Kreuzworträtseln und Scharaden. Die Scherzfrage, was schwerer sei, ein Kilogramm Blei oder ein Kilogramm Watte, führte ich in die Klasse ein. Das Palindrom Reliefpfeiler, den symmetrischen Satz Ein Neger mit Gazelle zagt im Regen nie führte ich in die Klasse ein. Die Vexierspiele waren die besten Exerzitien zur Demonstration, daß die Sinne täuschbar sind. Kein Verlaß auf die Sinnesorgane, eine Urerfahrung, Herr Baron: die ganze Schulzeit ein Propädeutikum für höhere Schwindelhuberei, wobei ich es nie nötig hatte, eine Zeugnisunterschrift zu fälschen, ich war, leider, zu gut, kein Streber, aber ein Fex. Schon mein Vorname, der immer beigezogen wurde, wenn ein Wort mit dem seltsamsten aller Buchstaben, mit X buchstabiert werden mußte, hatte etwas Vexier- und Elixierhaftes. Der Xaverste, höhnte es mir auf dem Pausenplatz nach, der Xaverste, und einmal schleuderte mir ein Oberschüler die Unverschämtheit ins Gesicht, meine Eltern hätten mich mit einem doppelten Pariser gezeugt. Wahrscheinlich stammen alle Giganten der Verwandlungs- und Täuschungskunst aus einem Milieu der Lieblosigkeit. Wahrscheinlich war die Wurzel meiner magischen Berufung der Wunsch, die Leute möchten sich unausgesetzt meiner annehmen, mit mir als Denksportaufgabe in Person beschäftigen. Ich würde mich anheischig machen, in den Biographien Bellachinis, Dantes, Goldins, Houdinis den wunden Punkt herauszufinden, wo diese Großmeister, einer der größere als der andere, infolge einer tödlichen Verletzung ihrer Kinderwelt gezwungen waren, sich mit einer List zu retten, mit einer Notlüge als Nummer.

Was Diabelli betrifft, fällt mir folgendes Schlüsselerlebnis ein. Das Prinzip der Chicago-Kugeln ist Ihnen geläufig, werter Baron. Ich brauche nur zu sagen: Kalanag raucht Bälle, und die Fachwelt, zu der ich Sie immer und trotz meiner methodisch-didaktischen Penetranz zähle, weiß Bescheid. Ich selbst habe als Schüler einmal in höchster Bedrängnis mit sogenannten Halbschalen operiert, als ich eine Apfelsine, die Geburtstagsfrucht eines Kameraden, mit dem ich um die Favoritenrolle rivalisierte, von seinem Pult verschwinden ließ. Und zwar stahl ich die Orange, weil er in der Neunuhrpause verkündet hatte, er werde sie in der Zehnuhrpause mit sechs Freunden teilen, zu denen ich mich nicht zu zählen hätte. Mit dir nicht, hatte er gesagt, dirnicht, dirnicht, und das hatte sich eingenarbt. Also stahl ich die Apfelsine und damit meinen sechsfachen Anteil. Getuschel, Aufregung. Alex, so hieß der Krösus, erspähte die Frucht im Tornisterfach unter meiner Bank und verzeigte mich beim Lehrer. Der Lehrer begann sofort ein Verhör. Woher ich die Orange hätte. Ich sagte, damit einen Kapitalfehler begehend, von der Mutter, die in Wirklichkeit nur meine Stiefmutter war. Der Lehrer bestimmte sofort einen Schüler, der sich auf den Weg machen und zu Hause nachfragen sollte, ob mir meine Stiefmutter eine Orange als Zwischenverpflegung mitgegeben habe. Der bleiche und bebrillte Schüler schlüpfte emsig in die Rolle des Landjägers und würde, das wußte ich genau, mit dem vernichtenden Bescheid zurückkommen: Keine Orange als Zwischenverpflegung mitgegeben. Daß ich

sofort wußte, daß es der Stiefmutter, die ja dazu ange-
stellt war, mich zu erziehen, nicht, mich zu lieben, nicht
im Traum einfallen würde, mich, dessen Notlage sie
telepathisch hätte erfühlen müssen, zu decken, war weit
schlimmer, als die Folgen des Diebstahls sein konnten.
Ein Duplikat mußte her, der Stiefmutter oder der Orange, also der Orange! Während der Unterricht weiterlief
und meine Bewacher, je gewisser sie meiner Überfüh-
rung waren, nur desto eifriger daran teilnahmen, trennte
ich in einem kunstvollen Schälprozedere unter der Bank
mit dem Sackmesser die halbe Schale von der Orange.
Der Schüler als Landjäger kam, wie zu erwarten war, mit
dem negativen Bescheid zurück, den er ins Schulzimmer
schmetterte, bevor die Tür zufiel. Alle Blicke drückten
aus: Endlich hat es ihn erwischt. Aber: man sollte sich in
mir getäuscht haben. Ich beharrte auf meiner Unschuld
und warf plötzlich ein: Oder ist dies etwa die vermißte
Orange? Dabei bückte ich mich unter Alexens Pult,
drehte die palmierte Halbschale nach außen und zeigte,
während das corpus delicti immer noch in meinem Fach
lag, eine zweite, genau gleich reife und gleich große
Frucht vor, in der Imitation des zu Unrecht Verdächtig-
ten ein Meisterstück liefernd. Nun war die Reihe an
Alex. Er mußte vortreten, wurde ins Gebet genommen.
Der Schwerpunkt der Untersuchung hatte sich verlagert,
ich konnte in aller Ruhe die mit Speichel angefeuchtete
Halbschale an das Fruchtfleisch pressen und ihm, nachdem er zwei Tatzen eingefangen hatte, die Orange mit
dem Anspruch auf Finderlohn in die brennende Hand
legen. Der Lehrer hatte ihm befohlen, sie mit mir zu
teilen. Meine Berücksichtigung war nun eine als Strafaufgabe angeordnete. Das Erstaunlichste und für meine

berufliche Entwicklung Bedeutendste war: die reparierte Apfelsine wurde nach dem Vorfall nicht mehr inspiziert, ebensowenig wie jemand danach gefragt hätte, wo denn meine Orange geblieben sei. Der Verblüffungseffekt hatte die inquisitorische Neugierde neutralisiert, Herr Baron, die Aufmerksamkeit des Zuschauers ist nur punktuell gefährlich. Er will entlarven, aber er ermüdet rasch in dieser Rolle.

Dies dürfte ein Berufungserlebnis gewesen sein, wenngleich noch nicht der archimedische Punkt meiner Zauberei. Ich hatte, notgedrungen, von einer Stiefmutter im Stich gelassen, die beliebige Metamorphoisibilität der Welt entdeckt, in der ich nicht gewillt war, den vernachlässigten Hanswurst zu spielen, freilich, wie sich später zeigen sollte, um den Preis einer höheren, zu hohen Bajatzerie. Und ich war beim Vorzeigen der Halbschale auf die Bedeutung des Winkels gestoßen. Ich hatte mich durch meinen Diebstahl in die Ecke manövriert und in der aussichtslosesten Situation dank einer tadellosen Palmage des fingierten Duplikats – da die Mutter nicht einfach durch eine andere zu ersetzen war – wieder hinausmanövriert. Man spricht von spitzen Winkeln, wenn das zu Verbergende beinahe, nahezu in das Gesichtsfeld des Publikums gerät. Herr Baron Kesselring können ermessen, ein wie großer Winkelvirtuose Diabelli war, immer hat er sich an der kritischen Grenze bewegt. Der Anfänger benötigt hundertachtzig Grad im Minimum, der Fortgeschrittene kommt mit neunzig Grad aus, der Spitzenmanipulator in der Mikromagie mit dreißig Grad. Winkelfehler, etwa bei der Handhabung der Drehmünze, können tödlich sein. Sie auszumerzen, ist der Spiegel der beste Lehrmeister des Prestidigitateurs. Mein Studierzimmer war ein Spiegelkabinett. Nur wem es gelingt, sich selber hinters Licht zu führen, das Wissen um den Ablauf der Trickhandlung mit der Trickhandlung zu überspielen, täuscht auf die Dauer erfolgreich das Publikum. Zähle ich die autodidaktischen Unterrichtsstunden zusammen, die ich im Frack vor meinen Spiegeln verbracht habe, komme ich auf eine horrende Zahl, den Aufwand für ein Medizinstudium inklusive Spezialausbildung zum Schönheitschirurgen. Diabelli en face, im Profil und von hinten, Tag für Tag. Wie der angehende Pianist am Bechstein-Flügel sitzt der Solist per se vor seinem Spiegel-Dispositiv, Zuschauer, Lehrmeister und Schüler in einer Person, um erst dann die reflektorische Muschel mit der jämmerlichsten Vorstadtbühne zu vertauschen, wenn die Digitalfertigkeit seiner Kontrolle entschlüpft ist. Ein berühmter Jongleur sagte mir einmal, Herr Baron: Ich trete mit meinen Keulen erst auf, wenn ich beim Wirbeln die Hände nicht mehr spüre. Von ihm hat Diabelli den Grundsatz übernommen: Die Volte wird erst dann geschlagen, wenn sie sich von selber schlägt. Das Ich muß zum Reflexivpronomen werden, die Trickhandlung zur rückbezüglichen. Ich düpiere mich, ich werde von mir düpiert; es düpiert sich in mir, jetzt wird sich düpiert! So viel zur engeren Grammatik des Spiegellehrgangs. Der Zauberer ist ein Mensch, der im Profil gar nicht gesehen werden kann. Mit Hilfe von Beleuchtungseffekten, Ballettschritten, Ablenkungsgebärden und insonderheit des begleitenden Vortrags weiß er sich immer in eine der Illusion förderliche Position zu bringen.

Tarbell, Dr. Harlan Tarbell, der Verfasser des Tarbell Course of Magic, hat es einmal so formuliert: Der

Künstler selbst definiert seinen Spielraum, erweitert den naturgemäß spitzen durch irreführende Rede, geschicktes Timing und Schnelligkeit zu einem stumpfen Winkel. Er läßt sich im Idealfall von allen Seiten in die Karten gucken, in jene, auf die es nicht ankommt. Das entspricht den Maximen, die schon 1783 in der Berlinischen Monatsschrift in einem Traktat über die Taschenspielkunst und Taschenspielerphilosophie aufgestellt wurden: daß, erstens, ein Taschenspieler nie im voraus sagt, was er machen wird; daß, zweitens, der Taschenspieler jederzeit die Aufmerksamkeit auf das zieht, was unerheblich ist; daß, drittens, sich der Taschenspieler den Anschein zu geben versteht, er lasse dem Zuschauer die freie Willensbestimmung; daß, viertens und zu guter Letzt, der Taschenspieler die Klugen und Aufmerksamen nur dann zu seinen Experimenten beizieht, wenn nichts mehr oder noch nichts zu verderben ist. Angewandte Psychologie, Verehrtester, im Glamour-Kostüm. Das Geheimnis aller Zauberkunst besteht letztlich darin, die Entwicklung eines Tricks als natürliches Resultat künstlich untergeschobener Ursachen erscheinen zu lassen. Dabei spielt die Inkongruenz von Mimik, Begleitvortrag und Abwicklung die größte Rolle, weshalb, wie ich immer betont habe in den Einführungskursen, ein Jungmagier zunächst einmal, bevor er Requisiten anschleppt, lernen muß, schamlos zu lügen, Narrenspuren von Wörtern zu streuen zu dem, was er tut, und zwar: mit den Augen, mit den Händen, mit den Mundwinkeln, ja mit den Ohren zu lügen. Die Lügenschule ist die beste Schule für unser Metier. Je abgefeimter, desto besser! Behendigkeit ist das eine, Ausnützung der blinden Flecken beim Zuschauer, dessen Perzeptionsfähigkeit bekanntlich sehr begrenzt ist, sehr begrenzt, das andere. Negativillusionen, Negativillusionen!

Wir, Baron Kesselring, sind die Blickregisseure. Ich weiß, der magische Eid. Nur so viel: Wenn Diabelli die rote Billardkugel nach dem neunten Wurf das zehnte Mal im Schnürboden verschwinden ließ, wider das Fallgesetz, so überwand er die Schwerkraft mit seinem Oberkörper, mit der vollendeten Pantomime einer auf dem Scheitelpunkt abgebrochenen Wurfparabel, derweil der Ball längst in die Servante geglitten war. In der Kartenzauberei nennt man die beeinflußte Wahl Forcieren. Aber auch der Großillusionist und der Manipulator und der Mikromagier forcieren in einemfort, sie zwingen ihren Opfern eine Erlebnisfolge auf, welche die Kontrolle verhindert. Es wird das Spektatorium in Permanenz als eines behandelt, das alles wissen darf, in Tat und Wahrheit weiß es nichts. Die Kaltmagie, Diabellis Spezialität, läßt sich auf die Formel bringen: Alles ist möglich in niemandes Anwesenheit. Sie sind mein Prüfstand, sage ich zu den Leuten, ich lasse mich coram publico auf den Kopf stellen. Aber sie wissen mitnichten und -abernichten, was woraufhin geprüft werden soll. Nehmen wir nur das Beispiel der Chinesischen Ringe, die ich zur Kontrolle durch die Hände wandern lasse. Zwei Ringe ineinandergeschlagen, bitte, wo soll da eine Öffnung sein? Ein Tausender für jeden, der mir die Ringe auseinanderzwängt! Ich kann nur wiederholen, was ich in den Begleitvortrag zur Zersägten Jungfrau einflechte: Wenn Sie glauben, meine Damen und Herren, jetzt tut er etwas Entscheidendes, ist es bereits geschehen. Coram publico: mein Werbespruch für die Gebildeten. Die Leute gaffen und gaffen und blicken dabei nicht auf ihre eigene Nase, auf der ich ihnen herumtanze. Mein Versteck ist die Wahrnehmungslücke des Publikums, meine Profondes sind die Geheimtaschen seiner Dummheit.

Freilich haben auch die Apparate, Exzellenz, früher das plumpste Zubehör, eine gewaltige Wandlung durchgemacht. Ich erinnere mich an das sadomasochistische Arsenal von Hilfsmitteln, das bei den Eskamoteuren der zwanziger Jahre in Gebrauch war: Klammern für Klappblumen, Zigaretten- und Münzenmechaniken, künstliche Finger, die ein Seidentuch faßten, schlauchartige Sauger, worein man Bälle verschwinden lassen konnte, Handgelenkriemen mit Saitenschlingen, Gummischnüre, die unter dem Rock durchgezogen und an der Westenrückseite festgehakt wurden, Halbmünzen mit angelöteten Stecknadeln, Ringzieher, Zwingen, Hüftgürtel mit Schnellbändern. Zudem trug der Handzauberer jener Zeit einen vertrackt ausstaffierten Frackanzug mit verborgenen Innentaschen an den Schößen, den sogenannten Frackservanten, mit Pochetten auf der Giletinnenseite. Das Futter seiner Galauniform war ein Labyrinth von geheimen Handgemächern, Schlupflöchern, in welchen sich die fünffingerigen Wiesel verkrochen. Eine Klabautermannhaut der Lüge. Unter dem Frack mit den satinglänzenden Revers ist der Wundersimulant eine Marionette mit saitengezogenen Gliedern, ein aufklappbarer Anatomiemensch. Bänder, Haken, Ösen, Verschlüsse: korsettiert mit technischer Perfidie. Außen Schliff, inwendig, dem Herzen zugekehrt, ein Trickpanzer. Ich habe mich, wenn mir die Stiefmutter mit kalten Fingern den Gürtel für die Wollstrümpfe anschnallte, immer gesperrt gegen dieses entwürdigende Kleidungsstück, habe gezetert, bis die zwölf Perlmutterknöpfchen zugezwängt waren. Und immer, Herr Baron, die Angst, einem Versagen der Hilfsmechaniken zum Opfer zu fallen. Außen ist der Täuschungsartist die Eleganz, innen die Pannenanfälligkeit in Person. Ein Transvestit in Sachen Natürlichkeit und Künstlichkeit. Früher trugen die Scharlatane wallende Gewänder. Draperien und doppelte Böden verhüllten ihre Geheimnisse auf der Bühne. Der Zaubermantel mit Quasten und weit offenen Ärmeln, mit Schlangen-, Sternen- und Blumenornamenten wurde durch Frack und Zylinder ersetzt, der pompöse Zaubertisch mit fransenbehangener Samtdecke, mit Fallöchern, Netzservanten und Pedalzügen durch die Glasplatte. Der moderne Kaltmagier zelebriert im eng anliegenden Smoking, träte, wenn es darauf ankäme, im Balletttrikot vor sein Admiratorium. Seine kostbarsten Werkzeuge, die er ebenso astronomisch hoch versichern läßt wie eine Filmdiva ihre Beine, sind naturgemäß seine Hände. Presto: schnell, digitus: Finger. Eine Kleinfingerluxation, und der Prestidigitateur ist erledigt.

Im ersten Zauberlehrbuch, das ich als Autodidakt benützte, lange vor der systematisch-mäzenatischen Förderung meines Talents durch Eure Exzellenz, waren solche Hände abgebildet, zu Griffen, Kunstgriffen erstarrt, die prämierten Hände Buatier de Koltas, Herrmanns, Hofzinsers Hände und immer wieder die Feenhände des peruanischen Edelmannes, der sich L'homme masqué nannte. Grauenhaft nackte, unbehaarte, nervige Hände, jeder Finger ein Kautschukakrobat. Pianistenhände im Raubflug, wenn Sie lieber wollen, Herr Baron. Wie es beliebt, Herr Baron. Der von Nelson Downs erfundene Griff der Drehmünze, die auf den abgewetzten Nägeln des Mittel- und Goldfingers ins Handinnere gezogen wird. Die Daumenmuskelpalmage eines Fingerhuts. Hände, die zur blitzschnellen Ausführung der Trickhandlung dermaßen verrenkt werden müssen, daß der Gedanke, sie einer Liebkosung zu unterziehen, nur mit Abscheu gedacht werden konnte und kann. Der Gedanke erstirbt beim Betrachten solch lehrhafter Abbildungen im Gehirn. Zuchtmotorische Hände, Herr Baron, die schmierige Fingertruppe eines Manualdompteurs, Schwindel- anstelle von Gichtknoten. Ich erinnere mich an einen Täuschungseffekt aus der Schulzeit, den ich bald so gut beherrschte wie das Himmel-und-Hölle-Spiel. Man setzt den abgewinkelten Daumen der Rechten an den abgewinkelten Zeigefinger der Linken, verdeckt die Bruchstelle und bewegt den abgesägten Stummel in obszöner Manier hin und her. Zynischerweise hieß der Trick Schreiner-Trick.

Eines steht fest: Die beste Fingerdressur für den Prestidigitateur ist nach wie vor die Kartenkunst. Mein Onkel, ein flinker Amateurzauberer, konnte das Herz-As an die Zimmerdecke knallen und die sogenannte Harmonika vorführen, ein Geschicklichkeitsspiel zu Präsentationszwecken, reine Handfertigkeits-Conférence, versteht sich. Als Kind schaute ich stundenlang zu, wenn er Kartenhäuser baute, luftige Pagoden aus braungelben, abgegriffenen Blättern mit diagonalem Prince de Galle-Muster. Rüttelte jemand am Tisch oder blies hinein, war ich nicht enttäuscht, sondern verletzt, und ich hatte immer den Wunsch, einen babylonischen Turm zu errichten, der unumstößlich wäre. Die fragile Architektur lehrte mich, daß man die Karten als Materie beherrschen kann. Und wie ich von mir aus beim Spiel mit der Papierhölle auf den Elmsley Count stieß, entdeckte ich aus eigenem die Volte, war also nie wie meine rasch abgeschlagenen Konkurrenten auf das schnöde Zinken der Blätter angewiesen. Ich muß immer wieder auf diesen meinen Werdegang hinweisen, Eure Baronität. Nimmt man gemeinhin an, der Adept lerne den Trick mit dem Kopf, um ihn hernach zu seinem und der Zuschauer Pläsier anzuwenden, bin ich, eine Gleisnernatur de profundis, stets täuschungsempirisch vorgegangen. Als Premiere der Effekt, dann die Theorie, dann die Ausarbeitung und nochmalige Einstudierung des Kunstgriffs. Wie viel ist schon über die Volte geschrieben worden, Herr Baron! Der Dilettant vergreift sich an ihr, indem er hinter seinem fürchterlich runden Rücken, hinter dem Fleischberg, der jedem Wunder im Weg steht, das gezogene Blatt nach oben schmuggelt. Um die Mitte des 18. Jahrhunderts entwickelte sich die Volte aus dem Scheinmischen. An den Académies de Jeu in Frankreich trieben sich die Glücksritter herum, Grecs genannt, die mit raffinierten Methoden hasardierten. Corriger la fortune, so bezeichnete man die Schummelei der Falschspielergilde in den meist anonym erschienenen Entlarvungsschriften. Das Forcieren wurde erläutert, das falsche Abheben: mêler à la Parisienne. Lessing dürfte den Trick gekannt haben, denn er läßt in der Minna von Barnhelm Riccaut de la Marlinière sagen: »Je fais sauter la coupe avec une dextérité.« Hofzinser, der Wiener Dr. Johann Nepomuk Hofzinser, Beamter bei der k. u. k. Allgemeinen Hofkammer unter Franz Grillparzer, der genialste Kartenmanipulator des 19. Jahrhunderts, unentthront Inhaber des Ehrentitels des größten Cartiers aller Zeiten: er nannte als Faustregel, die Volte müsse, damit der Trick für Kunststücke brauchbar sei, mindestens achtzigmal pro Minute geschlagen werden können, wobei geschmeidige, notfalls geschmierte Spiele vonnöten seien, damit die Karten nicht schnatterten oder klebten, ansonsten die Volte verdorben sei, und, so Hofzinser: Eine verdorbene Volte ist ein Peitschenhieb ins Gesicht der Prestidigitation. Grazio Diabelli steigerte sich im Lauf der Jahre von neunzig auf hundert, von hundert auf hundertfünf und schließlich, als persönliche Bestleistung, auf hundertundelf zweihändig geschlagene Volten.

Die Theorie, und Herr Baron Kesselring wünschten ja eine fachkundige Darstellung für die Schwerpunkt-Nummer der Zeitschrift Abracadabra, in deren Vorstand zu sitzen Baronität die Redaktion beehren, ist die einfachste: Das Spiel wird linkshändig gehalten, mit der Rechten teilt man es etwa in der Mitte, indem man die obere Hälfte, Paket eins, mit dem Daumen an der rückwärtigen, mit dem Mittel- und Goldfinger an der vorderen Seite erfaßt und hochhebt, um die vom Zuschauer gezogene Karte, und, bitte, den Zuschauer nicht zur Eile antreiben zu wollen, die Eile ist dann Ihre Sache, auf den in der linken Hand verbleibenden Teil des Spiels, auf Paket zwei, legen zu lassen, worauf man die Hälften wieder zusammenbringt, indessen unauffällig den kleinen Finger der Linken zwischen die Pakete schiebt, die sogenannte Kleinfingersperre einschaltet – so weit, so gut; sobald, Herr Baron, die rechte Hand das ihrige auf das untere Spiel gelegt hat, läßt sie Teil Nummer eins los und ergreift klammheimlich Teil Nummer zwo, der in der gleichen Weise mit dem Daumen an der rückwärtigen, mit dem Mittel- und Goldfinger – immer wieder stoßen wir auf die Paarung Mittelfinger-Goldfinger – an der vorderen Schmalseite gehalten wird, worauf unter

57

der Deckung der Rechten die linke Hand das erste Paket seitlich herauszieht, bis es vertikal an der rechten Längsseite des zweiten Paketes anliegt, während die Finger der rechten Hand den ihrerseits gehaltenen Teil Nummer zwo etwas anheben, damit er über die Längskante des vertikal stehenden ersten Paketes hinweggleiten und selbiges glissando unter sich begraben kann, was dergestalt vor sich geht, daß das sich nun unten, weiland oben befindliche erste Paket automatisch und lautlos ins Innere der linken Hand fällt. Wo, bitte, liegt Ihrer Meinung nach nun das gezogene Blatt? Die beiden Teile läßt man sofort aufeinanderfallen, es sei denn, man wolle das Spiel mittels abermaliger Kleinfingersperre zur allfälligen Rückvolte vorbereiten, was, weniger im Sinn einer Trickversicherung als einer Spielvariantenreserve, immer gut ist. Dies, Herr Baron, mindestens achtzigmal pro Minute, wobei beflissentlich darauf zu achten ist, daß die beiden Hände während des Volteschlagens niemals auseinanderdriften. Die Volte, nicht zu verwechseln mit der Voltige, dem Kunstsprung auf ein galoppierendes Pferd, spielt sich im Intimbereich zwischen den Händen ab, die zu diesem Zweck eine Blitzkopulation durchexerzieren, schneller, als es die Spatzen vermögen. Die obere sollte ganz ruhig bleiben, die untere nasführt. Die untere, Herr Baron, die untere, die, wenn Sie so wollen, empfangende und dennoch empfängnisverhütende. Diabelli hat die zweihändig geschlagene Volte fünf Jahre geübt, bevor er zur Charlier-Volte überging, dem Krönungsartefakt der Kartenzauberei.

Beherrscht man die Volte, und wo anders sollte sie einstudiert werden als vor dem Spiegel, beherrscht man die Kartenkunst. Alles andere sind Ergänzungstricks: das

Glissieren, Palmieren, Filieren, Eskamotieren. Forcieren, Voltieren, das ist das Einmaleins der Verblüffung, dagegen sind die Aeronautischen Karten nach Leipziger, sind die sogenannten Svengali-Wunderkarten Scherzartikel. Zur Psychologie des Forcierens sagte mir Cardini einmal: Sehen Sie, Diabelli, man muß den Zuschauer so weit bringen, daß er glaubt, er hätte den Pik-Buben, den man ihm in die Hand mogelt, tatsächlich gewählt. Ich, sagte Cardini, Herr Baron, lasse mich auf keine Risiken mehr ein. Wird das Forcieren wie bei Cardini sozusagen bis zum Kartenausteilen forciert, ist jene Grenze erreicht, wo sich der Laie und der Virtuose treffen. Um einem Deppen, denkt man, den Pik-Buben in die Hand zu drücken, genügt es, die Karten zu kennen. Es genügt, wenn man Cardini heißt. Für die Requisitenhypnose in der Kartenzauberei bieten sich die Schaugriffe an, von der Hofzinser-Schule belächelt, von Diabelli als elementares Rüstzeug gefordert. Ein Manipulator muß wie ein Jongleur mit einem Spiel umgehen können, und nie begibt er sich außer Haus, ohne ein solches in der einen, ein Spiegelchen in der andern Westentasche zu haben. Er beherrscht den Wasserfall ebenso wie das Rauschen wie das Fächerschlagen wie das bogenförmige Mischen wie das Auflegen auf dem Unterarm und das Umlegen. Jongleurhafte Handhabung der Kartenblätter als Materie zwecks Erzeugung einer suggestiblen Grundstimmung und infolgedessen einer durchlöcherten Perzeptibilität im Publikum. Schon der ordinäre Spieler weiß, wie sehr er mit dem schnatternden Geräusch, das beim Abriffeln der Karten entsteht, wenn er zwei Pakete ineinandermischt, seine Gegner verwirren kann. Ratsch, und futsch ist die Konzentration! Mir unvergeßlich, wie Cardini eine

Straße von Kartenbildern auf der Pulsseite des rechten Arms durch einen Muskeldruck umlegte, oder wie er den Handrücken, den unbehaarten, blitzschnell unter der sogenannten Treppe wegzog, um das Spiel im Flug zu erhaschen. Versteht man dann noch penetrant zu rauschen, ist der Zuschauer gelackmeiert, bevor er gezogen hat. Natürlich hat jeder Künstler seine eigene Technik des Forcierens. Cardini beschreibt den Kniff so: Man schaut die unterste Karte an, etwa den Karo-König, voltiert ihn gegen die Mitte, fächert das Spiel auf und läßt es vor den Augen des Zuschauers durchlaufen, um in dem Moment, da er sich zu ziehen entschließt, den Karo-König ein bißchen vorzuschieben und den Fächer nach rechts abzudrehen. Es muß unbedingt der Eindruck entstehen, man habe den Fächer nur angehalten, um der Versuchsperson die Wahl zu erleichtern, denn jeder, der in einer solchen Situation, unter dem Druck der öffentlichen Erwartung, ob er hereinfalle oder nicht, eine Wahl treffen muß, ist im Grunde froh, wenn man ihn der sprichwörtlichen Qual entbürdet. Während er im günstigsten und für unsereins nur scheinbar gefährlichsten Fall das Problem intellektuell zu lösen versucht, wie es der Vorführende anstelle, ihm das gewünschte Blatt unterzujubeln, greift er unweigerlich nach dem Karo-König. Das heißt nichts anderes, als daß der Detektiv im Bemühen, mir auf die Schliche zu kommen, am zuverlässigsten für mich arbeitet.

Die wirkungsvollste Piece der Kartenzauberei ist eine raffinierte Kombination von an sich läppischen Kunstgriffen in der Einkleidung eines geschliffenen Vortrags unter Einbezug allerlei ablenkenden Beiwerks. Bedenken Sie nur, was der alte Rohnstein alles dem nach ihm benannten Effekt abzugewinnen vermochte, der simplen Tatsache, daß mehrere Karten, in ein Kelchglas gestellt, wie eine wirken. Seine Paradenummer hieß Ben Assais Traum, und die Bemäntelung begann so: Herz-Bube stellt uns einen armen Sklaven namens Ben Assai vor, der die Aufgabe hat, vier häßliche Mägde, die vier Sieben, bei ihrer Arbeit zu beaufsichtigen. Eines Tages aber, von Müdigkeit übermannt, schlummert Ben Assai ein und träumt, die vier häßlichen Mägde hätten sich in vier wunderschöne Königstöchter verwandelt, etcetera. An dieser Stelle werden die vier Gläser gegen die Zuschauer gedreht, die nichts von der Blattpalmage mehrerer hinter einer Karte ahnen. Im Ersinnen von Begleitfabeln muß der Cartier ebenso gewandt sein wie im Ausführen der Kunstgriffe, und meistens überbrückt der Gipfel der novella storia den schwachen Punkt seiner Tour. Jede Nummer hat ihre Crux, jede. Amateure modellieren den schwachen Punkt geradezu heraus, indem sie alle Mühe darauf verwenden, ihn zu vertuschen. Wie sagt Goethe in der Natürlichen Tochter? »Sprich vom Geheimnis nicht geheimnisvoll.« Der Zauberlehrling will die Crux weggeheimnissen, der Meister baut sie auf das selbstverständlichste ein. Als Paralipomenon zum Grundsatz der Kalten Magie, daß alles möglich ist in niemandes Anwesenheit, würde Diabelli beifügen: Der Zuschauer ist des Zauberers Stift, der desto dienstbarere, je größer die Neugierde, wie's gemacht wird. Der zu Deppende und zu Neppende dient mir am besten im Erregungszustand des Um-jeden-Preis-Wissenwollens-wie's-gemachtwird. Hohe Baronität: Wie schnell läßt sich doch die Menschheit Scheinbeweise aufoktroyieren!

Ein Beispiel aus der Geschichte der Levitation. Asra,

die Frau, die sich von hinnen hebt, hieß vor dem Ersten Weltkrieg die sensationelle Kombination einer Flucht- und einer Schwebe-Illusion. Die durch die Luft radelnde Aerolithe mußte ja der schwerfälligen Mechanik wegen bald abgesetzt werden. Aber die seidendrapierte Asra hob sich auf die beschwörenden Gesten des Magiers empor, schwebte waagrecht, senkte sich wieder, und als der Elevations-Künstler das Tuch von ihrem Körper zog, hatte sie sich in nichts aufgelöst. In den Reihen des Magischen Zirkels und des Magischen Klubs und der Vereinigung Perlicke-Perlacke wußte man natürlich: Der schwache Punkt dieser Nummer liegt in der physikalischen Tatsache, daß kein Körper schwebt, ohne daß er emporgezogen oder emporgestoßen wird. Also ersann Blackstone, wenn ich mich nicht irre, eine Konstruktion, die es erlaubte, den Nickelreifen um die drapierte Dame zu führen und also den sogenannten Schwebebeweis zu erbringen; beim Kopf anzusetzen, die Luft bis zu den Füßen zu durchschneiden, den Reifen flach zurückzunehmen und noch einmal um den Körper zu schälen. Dieser Blackstonsche Schwebebeweis hielt über zwei Jahrzehnte vor, eine Ewigkeit, wenn man das emsige Treiben der Erueure und Klamüseure in Rechnung stellt. Niemand kam auf den Verdacht, daß die bestimmte Führung des Rings etwas mit der Konstruktion der Nummer zu tun haben könnte, und zwar jenes flankierenden Tricks wegen nicht, der zur Präparation der Disparition vonnöten war. Asra als schönes Beispiel dafür, daß der Zauberer, wenn er zur Beweisführung schreitet, beweist, was nur insofern in Frage gestellt ist, als er diesen Punkt dem Publikum als wesentlichen aufzuschwatzen wußte. W. z. b. w. mußten wir in der Geometrie unter einen bewiesenen Lehrsatz schreiben: Was zu beweisen war. In unserem Metier heißt W. z. b. w.: Was zu bewundern war. Bewiesen wird gar nix.

Auch die Weltklassenummer »Die zersägte Jungfrau«, Paradestück aller Horror-Illusionisten, hat ihre Geschichte im Technischen wie im Rhetorischen. Stets haben jene Darbietungen, in denen der menschliche Körper scheinbar verstümmelt wird, sei es durch Abtrennung einzelner Gliedmaßen oder deren Verbrennung, Durchlöcherung etcetera, die Schaumenge am nachhaltigsten beeindruckt: das Schwerterkabinett, das Korbstechen, die Enthauptung, welche auf den Ursprung der Jahrmarktschreierei zurückgreift. Vor Goldstein, der sich Horace Goldin nannte, 1874 in Polnisch-Rußland geboren, wurde eine geschlossene Kiste, aus deren Stirnseiten die zierlichen Füße und der somnambule Kopf der Wunderdame ragten, unter schneidendem Ritzegeratze entzweigesägt. Übrig blieben die zuckenden Extremitäten eines Lurchs. Um der Spekulation, es hielten sich zwei Akrobatinnen in der Kiste versteckt, entgegenzuwirken, führte Horace Goldin zu Beginn der zwanziger Jahre den offenen Sarg ein, einen schwarzen Koffer mit herunterklappbaren Türen, die ohne Spiegeleffekte den von einem Abendkleid umwickelten Körper der Sklavin sowohl am Stück als auch als Unterleibs- und Oberleibstorso zeigten; ging dann, um den Verstümmelungstrick noch nervenzersägender zu gestalten, 1931, nachdem bereits der Engländer Selbit mit der flachen Kiste gearbeitet hatte – To saw a woman in two –, zur anfangs von Hand, dann motorgetriebenen Kreissäge über, wobei am Eingang seines Theaters eine Krankenschwester und zwei blutverschmierte Sanitäter postiert waren, die das Publikum in eine Ambulanzstimmung versetzten. Grazio Diabelli hat die Einkleidung der Nummer im großen und ganzen vom Italo-Franzosen Patrese übernommen. Sie müssen wissen, Herr Baron, daß die Zauberkünstler einander entweder schamlos kopieren oder schamlos blamieren. Aftervirtuosen sind wir, reine Aftervirtuosen.

Als ich für eine Saison mit dem Plachenzelt unter die Schausteller ging, nannte ich mich Masturbanni. Ein Clown ist kein Clown, der nie in der Manege stand, ein Tausendkünstler ohne Budenstadterfahrung kein Tausendkünstler. Wie Patrese habe ich die Leute mit dem Sägeblatt hypnotisiert, indem ich mit syntosiler Stimme ins Mikrophon schleimte: »Es ist klar, daß ich nicht jeden Abend zwei Dutzend Frauen umbringen kann, sonst säße ich längst im Zuchthaus. Aber, meine Damen und Herren, trotzdem werden Sie mit eigenen Augen sehen und erleben, wie das Fräsenblatt aus Stahl mit zweiundsiebzig Zentimetern Durchmesser und zweitausend Touren pro Minute sich in Anastasias makellosen Körper frißt und ihn durchschneidet, als ob nix vorhanden wäre. Ohne Schutz und ohne Abdeckung liegt sie auf dem Operationstisch, darum sind zur Vorstellung nur Erwachsene zugelassen. Versäumen Sie nicht, was ich Ihnen zu bieten habe: den gefährlichsten Trick auf dem Gebiet der Illusion. Gleich ist Anfang, gleich ist Beginn.« Dahinter, Exzellenz, schade, daß Sie mich damals noch nicht gekannt haben, als Orchestrierung meiner Kuriositätenschau das Aufheulen der Sirenen in der Geisterbahn, die Hammerschläge der Lukas-Glocke, das Drehorgelgeleier der Kinderkarussells, die metallischen Stimmen der Ansagerinnen, das Rollen der Achterbahn-Loren, die geilen

Aufschreie der Himalaya-Fahrer. Die Introduktion ist der Fliegenfänger. Bleibt das Volk nicht kleben, bringt man die Bude nie voll. Habe Abend für Abend mein Zelt vollgequasselt, das seitlich der Vorbühne mit Gruselplakaten dekoriert war, in glasigen Farben. Das entblößte Fleisch der Diva unter dem sausenden Zackenrad leuchtete gelbgrün. Fluoreszierende Haut, stockrote Nägel und Lippen. Ich sagte: »Aber bitte, treten Sie doch näher, signore e signori, avanti prego, non mancare questa sensazione, pericolo non c'è, es geschieht Ihnen nichts. Das Publikum verläßt immer noch das Theater, begeistert, wie Sie sehen, bitte fragen Sie zu Ihrer und unserer Reklame, was die Leute drinnen erlebt haben!« Man muß mit denen, die geneppt sind, immer jene ködern, die man neppen will. Der Kreislauf der Konkursverschleierung. »Es gibt immer wieder Leute unten im Publikum, die behaupten, das Fräsenblatt sei aus Gummi. Überzeugen Sie sich selbst in Masturbannis Illusionstheater, daß dies nicht stimmt. Ganz aus Stahl, ich garantiere es Ihnen mit meiner Person. Andere wollen beobachtet haben, daß die Frau mit einem Tuch zugedeckt wird, so daß der Einschnitt verborgen bleibt. Auch das ist nicht wahr. So wie Sie Anastasia hier außen sehen auf hellerleuchteter Bühne, genauso, ohne Schutz und ohne Abdeckung, wird sie gefesselt an ihren Armen und ihren Beinen. Steif und starr liegt sie vor Ihnen.« Vor der Vorstellung riffelte ich mit dem Schraubenschlüssel zur Verstärkung der Requisitenhypnose über die Schneidezähne und klopfte mehrmals mit flacher Hand auf den Schragen. Ich spannte ein Sperrholzblatt um den Bauch meiner Assistentin, damit das Eindringen der Fräse in ihren Körper akustisch vernehmbar sei. Und Anastasia hatte zu kreischen wie eine Gebärende. Die Nummer in Masturbannis Ausführung hieß: Der Kaiserschnitt mit der Kreissäge. Der magische Eid, werter Baron, läßt nicht zu, daß ich in die Details gehe, und im Rahmen meiner Abschiedsvolte ist ja auch die Frage, wie's gemacht wird, weniger wichtig als die Frage, *warum* es gemacht wurde. Ebensogut hätte ich, Herr Baron, und ich hätte es in letzter Konsequenz auch tun sollen, die Dame ohne Unterleib zeigen können.

Analysiert man die erfolgslüsternen Physiognomien großer Gehirnakrobaten, Wirbelwindillusionisten und Prestidigitateure, stellt man einen gemeinsamen, von den vokalreichen Künstlerpseudonymen wie Marquis d'Orighuela, Chevalier Pinetti de Villedale etcetera sozusagen operettenhaft vertonten Zug fest: eine bonforzionöse Eitelkeitsgeschmeidigkeit, eine im Spiel der Lippen und Augen liegende autoerotische Laszivität, etwas Urzweideutiges und Zwitterhaftes, Pornographie der Mundwinkel, eine blutschänderische Versalität, willfährige Anbiederungsmimik gepaart mit eiskaltem Hohn; Gesichter, Baron Kesselring, die nicht davor zurückschrekken, alles Metaphysische zu entjungfern, Ejaculatio praecox um Ejaculatio praecox ins eigene Blut. Harry Houdini: heruntergehurt im Dauernarzißmus, ein Name, notabene, wie der einer Geschlechtskrankheit; Cardini: das Lächeln einer Balletteuse mit männlichen Gesichtshormonen; der Mentalist Dunninger: die Maske eines verstörten Wunderkindes; Horace Goldin: ein Vexierantlitz aus Kopulationspaaren; Johann Nepomuk Hofzinser: Casanovabrunst zur Höflichkeit erstarrt. Die Ausdrucksfähigkeit des Schauspielers wird in den Zügen des Magiers zur Universalität pervertiert. Buatier de Kolta unter dem steifen Zylinder blickt drein mit seinem Vollbart wie der Direktor eines Schmierenzirkus von Triebverbrechern.

Wenn ich, jeweils nach der letzten Vorstellung, wenn die Glühbirnen auf dem Rummelplatz, die nicht zerborsten waren, erloschen, mit meiner Assistentin Anastasia im Wohnwagen hinter Masturbannis Illusionstheater verkehrte, sah ich mich gezwungen, das Weib, das ich ohne Schutz und ohne Abdeckung zerstückelt hatte, notdürftig, was wörtlich zu verstehen ist, Baronität, zusammenzuflicken, in ihren Unterleib war ich vernagelt, und wie beim Artefakt des Schreinertricks mit dem künstlich verstümmelten Finger schien ihr Oberkörper hin und her zu gleiten. Aufgebockt und glotzend lag sie da, wenn das Geschlechtswerkzeug in sie eindrang und Masturbanni keuchend repetierte, was zur Nummer gehörte: ... sich in ihren makellosen Körper frißt und ihn durchschneidet ... nur Erwachsene zugelassen ... wie's gemacht wird, meine Damen und Herren, überlasse ich Ihrer Phantasie. Kein Laut von Anastasia, kein Laut. Wäre sie gravid geworden, wäre es aus gewesen mit der Illusion vom aufgeschnittenen Bauch, daher immer bei allen Kopulationen nach der letzten Vorstellung die doppelte Verhütung, weiblicherseits durch das Pessar, männlicherseits durch den Kondom. Gummi stieß auf Gummi, Herr Baron, ebensogut hätte man von der mechanischen Vereinigung zweier Trickautomaten sprechen können, wertester Baron, Fickautomaten. Anastasia als Samentöterin ausgerüstet, und der sogenannte Orgasmus: der am eigenen Körper erfahrene, das Rückenmark hochjagende Schmerz, wie ich ihn den ganzen Abend lang auf der Bühne suggeriert hatte. Oberleib und Unterleib versuchte der Kaltmagier mit dem Stift zu verdübeln, aber die Fräse schnitt uns entzwei.

Das Handwerkliche, müssen Sie wissen, weilandiger Mäzen, lief in meiner Biographie nebenher. Einen Nürnberger Zauberkasten habe ich nie geerbt, über das Alter, da ich mit der verrußten Laterna Magica spielte, war ich bald hinaus. Der Ursprung meiner Zauberkarriere war meine Einzelkindsituation und die aus der Einzelkindsituation resultierende Sucht nach Originalität, Andersartigkeit, Einmaligkeit, Unverwechselbarkeit. Ich war kein Sonntags-, ich war ein Karfreitags-, aber ein Wunderkind. Phantasie und Originalität: diese beiden magischen Wörter beherrschten meine Jugend. Bei frühzeitiger und gezielter Erfassung meines Talents hätte ich durchaus etwas Dinulipattiähnliches werden können. Sie hätten meine Zeichnungen sehen sollen, Herr Baron. Aus eigenem erfand ich die Perspektive, und zwar eine den Kubismus für mich privat vorwegnehmende Perspektive, bevor ich recht gehen konnte. Als eine Käuferin meiner Zeichenstiftphantasien in die Hände klatschte und ausrief, das Motiv sei ja perspektivisch erfaßt, stellte ich mir darunter noch eine Lokomotive vor. Die Einbildungskraft war immer größer als die Lebenstauglichkeit, ich würde sagen, letztere verhielt sich zur ersteren wie eins zu Unendlich. Darum faszinierte mich immer das Zeichen für Unendlich, die liegende Acht, die Tatsache, daß es ein Zeichen für Unendlich gab und daß es eine auf dem Bauch liegende, hundskommune Zahl war. Zeichnete ich, und ich zeichnete stundenlang am Tag, lag ich immer auf dem Bauch. Warum dann aber plötzlich weg von der begonnenen Laufbahn in Richtung hoher, ja höchster Kunst, weg vom Reich des Schönen, das offen stand, und hin zur Juxbaronie? Haben Exzellenz dafür eine Erklärung? Natürlich sind Exzellenz mit dem Ansinnen, ausgerechnet dafür eine Erklärung zu haben, nicht minder überfordert als Diabelli, das Alibi für Graziani, welcher das Alibi für Mondelli war undsofort, mit der Strafaufgabe, von der bemäntelnden zur entmäntelnden Rede zu finden. Nur soviel:

Im Alter von wahrscheinlich etwa fünf Jahren, vielleicht waren es auch erst vier, trennte ich mit der Papierschere eine Ziehharmonika auf, weil ich ein für allemal wissen wollte, woher die Musik kam, die mich zu Tränen rührte. Als ich die beiden Hälften des Balges nach anstrengender Zerstörungsarbeit in den Händen hielt, sah ich, atmete ich: sie kam nirgendswoher. Dem rubinrot geflammten Gehäuse, den Perlmutterknöpfen, den verchromten Zierleisten, den volutenförmigen Schalllöchern, den Blendarkaden der Instrumentenarchitektur entsprach im Innern kein das Raffinement des Äußern um ein Tausendfaches übersteigendes Geheimniszentrum. Nur staubige Falten, faule Luft. Ich hatte mich in die Harmonika, die ein virtuos orgelnder Onkel mir zu schenken sich erdreistet hatte, verliebt wie in nichts zuvor auf der Welt, in das Wort Akkordeon, in die Ländlerläufe, in die auf Hochglanz polierten Lettern HOHNER verliebt wie niemals in ein Spielzeug, geschweige denn in einen Menschen. Aber die Stiefmutter, die mich anstelle der leiblichen Mutter auferzog, verbot mir, das Instrument zu lernen, weil es, wie sie sich ausdrückte, ein erniedrigendes Instrument sei, ein Bettler-, allenfalls Gaukler-, allenfalls Bajazzo-Instrument. Nun müssen Herr Baron, müssen die Leser der Zeitschrift Abracadabra und muß die Welt wissen, woher der

Wunsch kam, eine Handharfe zu besitzen: nämlich aus dem Zirkus. Im Zirkus, es war mein erster Zirkusbesuch und das erste Erlebnis überhaupt, an das ich mich erinnern kann, hatte ich einen Clown die Konzertina spielen hören. Nachdem der dumme August von allen gefoppt und in den Hintern und ins Sägemehl getreten worden war, so daß man, sich in den Roheiten der Menschen noch nicht auskennend, annehmen mußte, er sei erledigt, zauberte er aus der Tasche seiner grob und grell karierten Jacke eine achteckige Konzertina und aus der mit Kußlippen gespielten Konzertina eine himmlische Musik hervor, für die ich heute nur einen behelfsmäßigen Vergleich aus dem Spirituosenbereich finden kann: eine Musik wie Danziger Goldwasser. Es waren Töne, Herr Baron, von denen ich mit frühkindlicher Absolutheit wußte, daß sie mir galten. Kaum das Licht der Welt erblickt, nämlich das Scheinwerferlicht in der Arena, bekam ich schon zu Gehör, was in mir steckte. Die Folge dieses Urerlebnisses, das alle ähnlichen in Künstlerbiographien berichteten Erstlingserkenntnisse das Wesen des Schöpferischen betreffend um eine Dimension der Urerlebnishaftigkeit übersteigt, war, daß ich mir innigst, da Konzertinas damals noch nicht auf dem Markt zu sein schienen, ein der Clownharfe möglichst nah verwandtes Instrument wünschte und nach einer langen Periode erfolglosen Wünschens, welche mir als eine Periode trockener Tränen in Erinnerung bleibt, auch geschenkt bekam von meinem Onkel, der in den Augen meiner Stiefmutter als ein zur Liederlichkeit neigendes Subjekt galt, das bei Tanzanlässen aufspielte, geschenkt also gegen den Willen meiner Erzieherin, welche die Hohner sofort behändigte und wegsperrte, so daß ich, um an das verbotene Instrument zu kommen, den Schrank aufbrechen mußte und schließlich auch das Akkordeon auftrennte, zerstörte, was ich nicht beherrschen lernen durfte, in der Hoffnung, wenigstens zu erfahren, woher die zauberhafte Musik komme.

Ich sah, als ich den Balg schnaufen hörte: sie kam nirgendswoher, wie ich, Xaver, genau genommen, nirgendswoher kam, kein mütterliches Fundament hatte. Darum die Originalität, die lebenslängliche, aber als Eklektiker. Als das erste Mal das Wort originell an meine Ohren drang – was für ein originelles Kind! –, narkotisierte es mich dermaßen, daß ich mich entschlossen haben muß, ihm mit meiner Karriere, gleichviel in welcher Richtung, eine einmalige Füllung zu verleihen. Wo immer und wann immer eine Bedrohung auf mich zukam, hielt ich mich mit Originalität über Wasser, und die allergrößte Bedrohung war ja wohl, ohne daß ich dies in der Kindheit hätte wissen können, dürfen: die Geburt. Dem Geburtstrauma begegnete ich mit dem Gegenzauber einer inkommensurablen Andersartigkeit, letztlich dann Abartigkeit, also dem Tod, denn: wie ich erst viel später erfahren habe: was ich als blinde Hypothek durch das halbe Leben schleppte: an meiner Geburt starb meine Mutter. Ich hatte, von den siebeneinhalb Monaten der Schwangerschaft abgesehen, und diese Zeit war erwiesenermaßen zu kurz, um meine Existenz matern zu verankern, nie eine andere als eine tote Mutter gehabt, und Herr Baron dürften wohl einsehen, daß alle meine Anstrengungen in weißer und schwarzer, heißer und kalter Magie im Grunde darauf hinausliefen, die bei der Geburt verlorene, durch den Akt der Geburt umgebrachte, gebornwordenerweise beiseite geschaffte und also für immer eskamotierte einzige Frau, auf die es in den ersten Lebensjahren – wenn nicht in der ganzen Vita überhaupt – ankommt, herbeizuzaubern. Wo anders hätte ich denn die Leidenschaft hernehmen sollen für meine Kunst? Das Leben ist eine Dissertation über den Tod. Daß ich zum outrierten Exzentric degenerierte, lag einerseits an der nicht zu bewältigenden Fülle und Vertracktheit meines Themas, anderseits an der Immaternisierbarkeit meiner Existenz. Der magische Eid, den ich hiermit gebrochen habe, zwang mich dazu, in die Details zu gehen. Genug, Baron Kesselring? Noch nicht genug! Mein Beitrag soll ja die Pièce de résistance abgeben in der Schwerpunktnummer der Zeitschrift Abracadabra. Freilich, als Diabelli im Showgeschäft und im Glanz seiner besten Tage hätte ich mir nie leisten dürfen, was ich mir in der für Sie geschlagenen Abschiedsvolte leiste, Baron Kesselring: die Ökonomie dermaßen zu vernachlässigen. Nie im selben Programm Münze durch den Hut, Zigarre durch den Hut, Kugel durch den Hut, das weiß jeder Anfänger. Allerdings hat auch der völlig ertaubte Beethoven zu dem von Antonio Diabelli komponierten Walzer nicht eine, sondern dreiunddreißig Variationen geschrieben, das neben der Missa Solemnis und der Neunten Symphonie entstandene Klaviermonsterwerk der Diabelli-Variationen.

Was den ominösen Eid betrifft, gehört es zur Psychologie der Zauberkünstler, daß sie zwar die Sphinx herauskehren, wenn es um ihre eigenen Tricks geht, einander gegenseitig aber ständig entlarven und der Lächerlichkeit preisgeben. Jacob Philadelphia, Künstler der Mathematik und Magie, in Schillers Gedicht Laura am Klavier zitiert, erlebte seine größte Blamage 1777 in

Göttingen durch Georg Christoph Lichtenberg, der den Magus im berühmt gewordenen Anschlag-Zeddul im Namen von Philadelphia glossierte, und zwar durch Übertreibungen wie, er verpflanze, ohne aus dem Salon zu gehen, den Wetterhahn vom Turm der Jacobi-Kirche auf die Johannis-Kirche. Die Wirkung war keine geringere, als daß Philadelphia unverrichteter Dinge aus Göttingen verduften mußte. Giuseppe Pinetti fand seinen Meister in Henri Decremps, der in seiner Schrift La Magie blanche dévoilée Bravourstücke wie das verbrannte und an die Wand geschossene Karo-As in Text und Kupfern aufklärte, und diese Schrift eilte seinen Auftritten in ganz Europa voraus, so daß sich der Chevalier verschiedentlich mit Enthüllern duellieren mußte. Und schließlich ist das Topphänomen dieser Sparte zu erwähnen, Ehrich Weiß alias Harry Houdini, der Mann mit den tausend Leben, der sich nach seinem Rücktritt darauf spezialisierte, pseudomediumistischen Hokuspokus aufzuklären, angeregt durch das Geisterkabinett der Brüder Davenport, die ihrerseits von John Nevil Maskelyne, dem Begründer des Home of Mystery in Egyptian Hall, als Entfesselungsakrobaten zur Strecke gebracht wurden. Der Taschenspielexperte ist der geborene Desillusionist, weil er von vornherein weniger auf die Trickhandlung selbst als auf deren Zurüstung achtet. Als alter Mann verkleidet entlarvte Houdini das Trompetenmedium Cassadaga, das mit Hilfe eines Sprachrohrs den Verkehr mit Geistern im Jenseits eingerichtet hatte, indem er sich Zugang zum Kabinett verschaffte und unbemerkt das Mundstück der Trompete mit Ruß schwärzte, so daß Mrs. Cassadaga, als die Scheinwerfer wieder aufleuchteten, mit schwarz umrandeten Lippen gegen sich selber sprach. Allein in Los Angeles sind auf Veranlassung Houdinis an die hundert spiritistische Medien verhaftet worden, und was dabei am meisten erstaunt, verehrter Baron, ist weniger das Mediensterben als die Tatsache, daß ein Artist von der Genialität des Handschellenkönigs, für den die Befreiung aus einer Zwangsjacke, in der er, kopfunter an einem Wolkenkratzer hängend, steckte, ein Kinderspiel war, sich, als er bereits im Begriff war, zur Legende zu werden, nur noch dadurch übertrumpfen konnte, daß er den Ruhm anderer zunichte machte. Aus Verehrung für Robert-Houdin, dessen Memoiren ihn seine Berufung hatten erkennen lassen, hatte Ehrich Weiß seinen Künstlernamen demjenigen seines Idols angeglichen, hatte er den französischen Roy des Prestidigitateurs namentlich kopiert. Aber in seinem Buch The unmasking of Robert-Houdin, worin er den Orangenbaumtrick und andere Wunder der Soirées Fantastiques aufklärte, annullierte er ihn. Am liebsten hätte er alle seine Rivalen, die lebenden wie die toten wie die künftigen, vernichtet, am liebsten Kalanag ausradiert, der mit einer Schau von achtzig Personen und siebzig Tonnen Gepäck um die Welt reist, am liebsten Marvelli und Cardini und Pollock auf mysteriöse Weise verschwinden lassen, alle Zeugen und Mitwisser seiner Kunst, um letztlich als monumentale Trophäe übrig zu bleiben, Houdini, der nur noch Houdini zu fürchten brauchte, wenn er tausend Dollar Belohnung aussetzte für den Schlaukopf, der ihm nachweisen konnte, daß er bei der Entfesselung in der Folter-Wasserzelle Luft bekam.

Sagt Ihnen vielleicht zufällig der Name Auzinger noch etwas, Herr Baron? Max Auzinger, Spielleiter am Nationaltheater in Berlin, das 1883 niederbrannte, wurde durch Zufall zum Erfinder des Schwarzen Kabinetts, das Buatier de Kolta für seine triumphale Disparition des burmesischen Elefanten Roswitha verwendete. In einem Schauerdrama allerniedrigsten Ranges war ein Kerker zu zeigen, und um dessen Inneres für die Zuschauer so horribel wie möglich zu gestalten, ließ der Regisseur das Verlies mit schwarzem Samt ausschlagen. So weit, so gut. Nun sollte kurz vor der Peripetie des Gruseldramas ein kohlpechrabenschwarzer Mohr im Gefängnisfenster auftauchen und in die Handlung eingreifen. Doch vom Mohrenkopf war nichts zu sehen als zwei Reihen weißer Zähne, ein in der Luft schwebendes Grinsen, und die Szene, so sehr auch dieses Grinsen dazu beitrug, daß man insbesondere in den Logen das Fracksausen kriegte, war verpufft. Auzinger, von jener Fehlausstattung an eine verkrachte Theaterexistenz, erkannte sofort die Tragweite seines Einfalls. Er zog sich von der Bühne zurück und verblüffte zwei Jahre später, nachdem er in der Dunkelkammer seines Genies mit der rußgeschwärzten Puppenküche seiner Tochter Sulamith experimentiert hatte, als Ben Ali Bey die Öffentlichkeit mit dem Spektakularium Indischer und Ägyptischer Wunder, allesamt auf der optischen Täuschung des Schwarzen Kabinetts aufgebaut. Tatsächlich aber hat Auzinger mit diesem Kabinett nichts Geringeres geschaffen als ein getreues Guckkastenmodell der künstlichen Seele des Zauberers, in der sich keine Regung mehr abhebt vom schwarzsamtenen Hintergrund seiner pervertierbaren – und das, das ist meine Krankheit! – Persönlichkeit. Was ist, leugnet er ebenso gewandt, wie er behauptet, was nicht ist, sei. Die Künstlerseele ist das Verwandlungsorgan par excellence.

Und Exzellenz können ihrem ehemaligen Mäzenanden nur dann helfen, wenn Exzellenz mir einen Spezialisten nennen, der in der Lage ist, Seelen zu transplantieren. Genau genommen: jedes einzelne menschliche wahre Gefühl müßte transplantiert werden!

Jeder Artistenname steht für einen Superlativ im Bereich der Magie, aber auch für eine existentielle Katastrophe. Buatier, Sohn eines reichen Seidenhändlers in Lyon, wurde durch Zufall vom ungarischen Edelmann de Kolta im Café de Paris anläßlich einer Amateurvorstellung entdeckt und unter Vertrag genommen. Der Ungar subordinierte sich dem künstlichen Naturtalent, das einen goldenen Vogelbauer verschwinden ließ, plus vite que l'éclair, als Manager und Assistent, bis er dem Anschlag eines in Rage geratenen Desillusionisten zum Opfer fiel, der mit einer Gummischleuder auf die geisterreflektierende Glasscheibe zielte. Von da an, und das ist das Ungeheuerliche, eignete sich Buatier die Person des tödlich verunglückten Helfershelfers als Bei- und Ziernamen an, Buatier de Kolta war die Summe von Triumph und Verhängnis. Eliaser Bamberg wurde bei der Explosion eines Pulvermagazins an Bord eines Kriegsschiffes so schwer verletzt, daß ein Bein amputiert werden mußte, was ihn mitnichten daran hinderte, unter dem Spitznamen Amadeus der hölzerne Teufel weiterhin durch die Lande zu ziehen und obendrein die Prothese als Geheimfach für seine Requisiten zu benützen. Als Diable boiteux brillierte er noch und noch.

Die Invalidität, und sie ist ja nur ein Zeichen für die innere Verstümmelung, der ich mich radebrechend annähere, hinderte diese Subjekte nicht daran, mit ihren zweifelhaften Künsten sogar dem Tod ein Schnippchen schlagen zu wollen. Von den Indischen Fakiren hat sich der Trick des Lebendigbegrabenwerdens erhalten. Die Knaben mußten sich von frühester Jugend an darauf vorbereiten. Durch einen operativen Eingriff wurde die Zunge, das Artikulationsorgan notabene, Baron, so weit gelöst, daß sie auf die Speiseröhre zurückgelegt werden und auch die Luftröhre verschließen konnte. Alle Körperöffnungen wurden mit Wachs verstopft. Der Fakir versetzte sich in einen Trancezustand, in welchem er ins Grab gelegt und mit Erde zugestampft wurde. Nach vierzig Tagen erfolgte die Exhumation, und der Scheintote erwachte zu neuem Leben. Wie es gemacht wurde, dies der europäischen Phantasie zu überlassen, war hinduistische Geheimhaltungstradition. Beim Indischen Korbtrick wird ein Mädchen in ein Fischernetz geschnürt und in einen ovalen, niedrigen Korb gepackt, der mit verschlossenem Deckel auf der Bühne steht. Der Schamane, meistens der Erzeuger des Opfers, tanzt um das Geflecht herum, beginnt sein Kind zu verfluchen und sticht mit einem langen Degen in zunehmender Wut von allen Seiten durch den Korb, bis das Blut in Strömen fließt. Wenn das anfänglich laut und lauter stöhnende und dann immer leiser wimmernde Schlangenmädchen ausgelitten hat, reißt er den Deckel ab und zeigt das leere Behältnis vor, während seine Tochter am andern Ende des Saales auftaucht und Geld einsammelt, sofort den Schock in klingende Münze verwandelt. Diese Menschendurchlöcherung und Übertölpelung des Todes basiert, wie Eure Baronität ja vermutlich wissen, auf einem rhythmischen System, gemäß welchem sowohl das Opfer, das sich schlangenartig in den ovalen Wulst preßt, als auch der Scheinmörder bei jedem Degenstich um nicht

weniger und nicht mehr als einen Sechzehntel des Korb-
umfangs weiterrücken, was eine jahrelange Abstimmung
erfordert. Der Magus sticht in einen Hohlraum, aber
derjenige, der dem schauderbaren Akt beiwohnt, fragt
sich, Blutgeschmack im Mund: Wo soll da noch ein
Hohlraum sein? Und er hat recht mit der Frage. Nicht
einmal ein Vakuum bleibt übrig, wenn unsereins ver-
schwindet.

Weitaus am weitesten trieb es, Herr Baron, seine Ma-
jestät der Entfesselungskunst, der Handschellenkönig
Houdini, dessen Geschäftspartner, wie die Biographen
schreiben, der Tod war. Houdini konnte als Einziger von
sich sagen: Mein Publikum ist die Weltbevölkerung. Er
wußte es an seinen Tricks zu beteiligen, indem er die
neue Dimension der Herausforderungskunststücke und
der Freiluftnummern in die akrobatische Magie einführ-
te. Houdini: eine Aktiengesellschaft des Menschenun-
möglichen, welche bei jeder Vorstellung Todesgrausen
als Dividende auszahlte. Englische Marinesoldaten fes-
selten ihn an die Mündung einer Acht-Zentner-Hau-
bitze, einer geladenen. Befreite er sich nicht innerhalb
von zwanzig Minuten, zerfetzte ihn das Geschoß vor der
Menge. Die Zehen wie Finger benützend, so die Augen-
zeugenberichte, habe Houdini das Schlingwerk gelöst
und sei drei Minuten vor der Detonation vom Rohr
gesprungen. In Boston ließ er sich, zu einer starren
Puppe gefesselt, in einen präparierten Walfisch einnähen.
Der Kadaver war zusätzlich mit Ketten umschnürt.
Keine Viertelstunde verging, und der Neue Jonas kroch
heraus, freilich schwer benommen von den Dämpfen der
Arseniklösung, die der Präparator verwendet hatte. Die
Folter-Wasserzelle führte Houdini erstmals 1912 im Zir-

kus Busch in Berlin vor. Der wassergefüllte Tank, in den er sich kopfüber hängen ließ, bestand aus metallgefaßtem Mahagoni, ein Sichtfenster ermöglichte den Blick ins Innere. Den Deckel bildeten zwei Fußblöcke mit Scharnieren. Waren die Füße einmal drin, konnten sie unmöglich durch die Gelenköffnungen gezogen werden. Zusätzlich wurde der Tank außen mit Stahlbändern gesichert. Einer von Houdinis Helfern stand mit einer Axt sturmbereit neben dem Kabinett, das den intimen Befreiungsakt den Blicken entzog. So exhibitionistisch Houdini veranlagt war und so voyeuristisch er sein Publikum erzog, den eigentlichen Dreh stellte er nicht zur Schau. Das Orchester untermalte den dergestalt herausgeforderten Ertrinkungstod mit Katastrophenweisen. Aber das Vaudeville, das Varieté, selbst die Manege wurde Houdini zu eng. Die Massen galt es zu mobilisieren. Er sagte: Die Menschen sehen zwar nicht gern, wenn einer von ihnen stirbt, doch wenn es passiert, sind sie gern dabeigewesen. Einer seiner vielen Brückensprünge wäre ihm beinahe zum Verhängnis geworden. In Detroit hatte man ein Loch in den vereisten Fluß geschlagen, damit der Star von der Bell-Island-Brücke tauchen konnte, die Hände in Fesseln auf dem Rücken. Unter Wasser befreite er sich sofort, doch die Strömung trieb ihn vom Loch ab. Dank des geringen Zwischenraums zwischen Strom und Eisdecke vermochte er mehrmals Luft zu schnappen und in immer weiteren Kreisen den Kolk anzuschwimmen. Es war die Beinahe-Katastrophe, und Houdini wußte sie als Reklame zu nutzen. In Städten ohne Fluß sprang er vom höchsten Bauwerk in ein Binnengewässer, in Paris von der Mauer des Leichenschauhauses in die Seine. Doch auch auf einer Brücke hatten immer noch zu wenig

Schaulustige Platz. Die Menschenunterbringungs- und -zusammenpferchungs-Industrie hielt nicht Schritt mit Houdinis Selbstmord-Attraktionen. Nur, von Houdini aus gesehen, fünfzigtausend Gaffer drängten sich in der Innenstadt von Baltimore, als der Verrückte sich, kopfunter am Haken einer Seilwinde an einem Wolkenkratzer hängend, aus einer fünfriemigen Zwangsjacke befreite, zappelnd wie ein Fisch an der Leine. Nach dreieinhalb Minuten fiel die Jacke unter tosendem Applaus auf die Straße, und Houdini vollführte eine umgekehrte Verbeugung in der Luft, verneigte sich gen Himmel. Immer wieder wie durch ein Wunder alle Ketten gesprengt, Herr Baron, und doch nie von sich selbst befreit! Immer höher und höher hinaus wollte Houdini, und den Ertrinkungstod fand er, was nur höhnischste Ironie des Schicksals genannt werden kann, in einem Faß Bier. Sein Chefassistent Kukol hatte zu spät eingegriffen, der Abstinent Houdini war betäubt vom Alkohol, der durch seine Poren gedrungen war. Tausend Dollar zahlte er jedem, er ihm nachweisen konnte, daß er in der Folter-Wasserzelle Luft bekam, und krepierte in einem Faß Bier. Nie ein Glas Bier ge- und in einem Faß Bier ertrunken, werter Baron. Houdini wäre freilich zuzutrauen, daß auch dies nur eine Legende war und bleibt.

Baron Kesselring: Sie haben mich beiläufig um einen Beitrag für die Zeitschrift Abracadabra gebeten, jenes Organ des Magischen Zirkels, das, im Gegensatz zu Periodica wie Hokuspokus, Simsalabim wirbelt durch die Welt etcetera, auch Laien zugänglich ist, und Sie haben mich auf die Wacholderhöhe eingeladen. Nun wundern Sie sich vielleicht über das verbale Zaubergewitter, das aus diesen Anlässen – Zusage, was den Essay,

Absage, was den Auftritt betrifft – losgebrochen ist. Das hängt, wie ich bereits anzudeuten die Ehre hatte, damit zusammen, daß Diabelli im Kaschieren besser geübt ist als im Entschleiern. Der Vortrag des Täuschungskünstlers ist ein wahres Feuerwerk von Anaphern, Oxymora, Tautologien, Euphemismen, rhetorischen Fragen und Paraphrasen; Winkelparliererei und metonymischer Mummenschanz. Eine Mauldiarrhöe sondergleichen. Jedes Wort das Falsifikat eines Sachverhalts, immer im Bestreben, eternisierte Knalleffekte zu produzieren, immer im Bemühen um Inkongruenz. Der Mensch, wenn er normal spricht, der Normalsprachverbraucher begleitet bekanntlich seine Worte mit kongruenten Gesten, kongruenter Mimik. Sagen mir die Sätze nicht, was er meint, sagen es die Mundwinkel, die Augenbrauen. Nicht beim Zungenprestidigitateur, bei ihm gerade nicht. Inkongruenz von Trickhandlung einerseits, Begleitvortrag und Mienenspiel anderseits ist sein wichtigstes Ablenkungsmittel. Der Magier ist ein Ventriloquist und Engastrimant, das heißt ein Mensch, der nicht so sehr vermöge einer eigentümlichen Beschaffenheit seines Stimm- und Sprechapparates als vielmehr durch Übung die Fertigkeit erlangt hat, Töne und Wörter ohne bemerkbare Bewegung des Mundes und auf die Weise vernehmbar zu machen, daß der Hörer glaubt, sie kämen von einem ganz anderen, entfernteren Orte her, eben aus dem Bauch.

Baron Kesselring wundern sich nach dieser Erklärung, die freilich nur eine provisorische sein kann, bestimmt nicht mehr über die Anhäufung von Fremd-Wörtern in Diabellis Abschiedsvolte. Tatsächlich ist mir kein Zeichen abstrus genug, wenn es gilt, das Handwerk des

Illudierens zu beschreiben. Eine möglichst kuriose An-
sammlung von Buchstaben in kurioser Reihenfolge – der
Wortschatz als Kuriositätenkabinett –, die sich bei der
Enthüllung – und das Ihnen, verehrter Herr Baron,
aufoktroyierte Nachschlagen im Fremdwörterbuch führt
ja zu nichts anderem als dem Entlarven solcher Lautver-
renkungsgebilde – als phonetischer Lärm um nichts er-
weisen, als Kautschukakrobatik der Zunge ohne inneren
Auftrag: das ist der dem Zauberer angemessene Duktus.
Unser Deutschlehrer hat uns Gymnasiasten die Fremd-
wörter auszutreiben versucht mit dem Argument, sie
nähmen sich im Gewand der gehobenen Prosa wie miß-
farbene Flicken aus. Wider die Fremdwörterei! war sein
Schlachtruf. Eindeutschen! sein Credo. Als ich, nach dem
Berufsziel gefragt, Prestidigitateur sagte statt Schnellfin-
gerkünstler, war ich im doppelten Sinn abgeschrieben:
als Mitglied der Sprachgemeinschaft und des Geheimor-
dens derer, welche die höhere Schöngeistigkeit anstre-
ben. Eine A-Matura in die Karriere eines Magiers zu
investieren, schien meinem Deutschlehrer ein apriori-
scher – hier schreckte er vor dem Lehnwort nicht zurück
– Verhältnisblödsinn zu sein, ein Mißgriff bezüglich der
Proportionen von Bildung und Beruf. Xaver, höhnte er,
will partout ein reziprokes Genie werden. Ein Revax, ja,
ein Revax. Ich hätte ihm erwidern können, aber dazu war
ich damals noch nicht in der Lage: Woher, Herr Professor, sollte ich eine sogenannte Muttersprache nehmen,
wenn es mir zeitlebens am mütterlichen Element gefehlt
hat?
    Etwas anderes, was Sie vielleicht gestört hat, Exzel-
lenz, ist der Hang zu Superlativen, zu Apodikta, das
Apodiktatorische generell. Auch dies, die Vorliebe für

die Präfixe ultra-, super-, hyper- etcetera, ist in unserem Metier begründet. Lesen Sie daraufhin Plakate und Anschlagzettel von Zaubervorführungen. Mit hoher, ja höchster Bewilligung kündigte der unerreichte Ludwig Döbler die größte und außerordentlichste Vorstellung auf dem Gebiet der unterhaltenden Physik an, in welcher, wie Döbler versprach, die anziehendsten Experimente dieser Art, welche nur von den berühmtesten Künstlern, als da seien Philadelphia und Pinetti, gesehen worden seien, gezeigt würden. Den besten Mustern in dieser Gattung nachstrebend, sei es dem Darbietenden, der diese ehrfurchtsvolle Einladung zu erlassen das Glück habe, vor Jahren schon gelungen, durch seine Produktion selbst die allerhöchste Zufriedenheit der Kaiserlichen Majestäten mehrerer durchlauchtigster Glieder des Kaiserhauses zu erringen, undsoweiter, undsofort. Lichtenberg, der Philadelphia entzauberte, gelang dies, indem er dessen superlativisch angekündigten Experimente durch eine zusätzliche Superlativisierung ad absurdum führte. Ob Marvelli, Kellar, Dante, Kalanag, Houdini, jeder ist in seinem Fach der Allerunübertroffenste. Servais Le Roy: Worlds Monarch of Magic. Alles groß geschrieben! Horace Goldin: The Royal Illusionist. Lauter Majuskeln! Die Prestigestrategie des Prestidigitateurs, werter Baron. Jeder ist sein eigener Prestigeprestidigitateur.

Würden Sie nun die Ehre haben, begreifen zu wollen, Exzellenz, warum Grazio Diabelli seine Kaltmagierkarriere unverzüglich abbricht? Habe ich, anders gefragt, genug Fakten aus der Zauberhistorie dazu angestiftet, gegen mich zu sprechen? Denken Sie aber bitte nicht, Baron Kesselring, dies, daß ich, statt an Ihrem sechzigsten Geburtstag eine Dame zu zersägen oder auf mirakulöse Weise verschwinden zu lassen, Ihnen auf schriftlichem Weg eine Kostprobe meines Scheiterns gebe und Sie, meinen langjährigen, um Diabelli – also auch Diabellis Bankrott – höchlichst verdienten Mäzen, hinter meine Kulissen blicken lasse, rückhaltlos, sei nur eine neue und besonders raffinierte Form von Comedian Magic, jener jüngst in Mode gekommenen, clownesken Mischung von gelungenen Tricks und eingeplanten Pannen. In der Tat ist das präparierte Mißlingen ein altes Stilmittel in der Akrobatik wie der Zauberei, auf der psychologischen Erkenntnis fußend, daß ein Publikum im Wahn, es hätte den Magier durchschaut, nur um so gewisser auf die Glanznummer hereinfällt. Ein Trapezkünstler, der sich beim ersten Anlauf zum dreifachen Rückwärtssalto ins Netz fallen läßt, verliert ja dadurch nicht an artistischer Glaubwürdigkeit, er vermag sie im Gegenteil noch zu steigern, als Didaktiker des Nervenkitzels. Es wäre die Frage zu stellen: Warum schreit die Arena auf, wiewohl sie weiß und sieht, daß der Akrobat nur ins Netz fällt? Das Publikum, so meine Antwort, Baron, gaukelt sich den Todessturz vor, probt den Schock, so wie der fliegende Tarzan im einstudierten Fall ein Gran des effektiven Unglücks erlebt. Das ist das höhere Circensische: die aus Berechnung nicht erhaschte Keule des Jongleurs, der aus Berechnung zuwenig hoch katapultierte Schleuderakrobat, der aus Berechnung gewagte Fehltritt auf dem hohen Seil. Das höhere Circensische in der Zauberkunst ist das Spiel mit der Aufklärung. Je natürlicher sich der Virtuose gibt – jene Bewegung finden und einüben, hat Dante gesagt, die kraft ihrer Natürlichkeit die wahre Absicht verschleiert –, desto weiter kann er gehen mit der Einweihung der Zuschauer als Unterhaltungssupplement. Es ist, als ob Sie fortwährend an der Nase gekitzelt würden, Herr Baron, und doch nicht niesen könnten. Der letztlich prohibitive Reizschnupftabak der vorgespiegelten Demaskierung. L'homme masqué, der vorgab, nicht erkannt werden zu dürfen.

Diabellis Abschiedsvolte hat in diesem Sinn mit dem höheren Circensischen nichts zu tun. Keine Rückversicherung, keine tollkühne Variante komödiantischer Magie, kein Lippenbekenntnis, wenn auch, wahrscheinlich, Ventriloquismus im höchsten Grade. Hierin liegt meine Schwierigkeit: Ich muß Sie bitten, Baron Kesselring, Diabelli um meinetwillen kein Wort zu glauben, meiner Wenigkeit aber, Diabellis unerachtet, des Prestidigitateurs und Wirbelwindillusionisten, dessen Name auf der Wacholderhöhe, wenn die Fackeln am Festtag die Zufahrt zu Ihrem Schloß erhellen, ein gelöschter sein wird, alles zu glauben, auch was nicht respektive nur sagbar war. Genug jetzt!

Zentgraf im Gebirg
oder das Erdbeben zu Soglio

Kurzgefaßte Schadenmeldung
an den Schweizerischen Erdbebendienst

Der Zufall wollte es, wie man so schön sagt, daß ich just
zu dem Zeitpunkt, als sich das Erdbeben von Albstadt
ereignete, die schwerste tektonische Erschütterung in
Deutschland seit Kriegsende, in meiner Funktion als
interimistischer Privatsekretär des Privatgelehrten und
Privatpatienten Anatol Zentgraf – viele sahen in ihm
lediglich einen anarchistischen Thanatosophen in eigener
Sache – Vollpensionär des Hotels Palazzo Salis, ehemals
Hotel Willy, in Soglio im Val Bregaglia war, jenem
elfhundert Meter hoch gelegenen Terrassendorf, das der
Maler Giovanni Segantini, dessen Bild »Werden« in der
arvengetäferten Bibliothek hängt, als Schwelle zum Pa-
radies bezeichnet hat: »Soglio è la soglia del paradiso«.
Der sogenannte Schweizerische Erdbebendienst, ein rela-
tiv autonomes Annexforschungszentrum des Instituts
für Geophysik der Eidgenössischen Technischen Hoch-
schule, hervorgegangen aus der 1878 anläßlich der ein-
undsechzigsten Jahresversammlung der Schweizerischen
Naturforschenden Gesellschaft gegründeten Erdbeben-
kommission, welche erstmals eine Intensitätsskala für die
Beschreibung aller makroseismischen Erscheinungen er-
arbeitete, notabene neben oder nach der Versuchsanstalt
für Hydrologie und Glaziologie eine der bedeutendsten
wissenschaftlichen Stätten unseres Landes, nicht zuletzt
dank der erratisch aus dem akademischen Geröll heraus-
ragenden Persönlichkeit ihres geistigen Oberhauptes,
Professor Dieter Mayer-Rosa, hat, wie immer in solchen
Fällen, in der Presse einen Aufruf erlassen, man möge
bitte außerordentliche Erschütterungen in der Schweiz,
die als in eindeutigem Zusammenhang mit Albstadt
gesehen werden müßten, umgehendst vermelden, insonderheit schwere Schaden- und Todesfälle, wobei es na-

türlich – daß ich nicht lache – grundsätzlich keine leichten Todesfälle gibt. Item, hier sind, sehr geehrte Herren Seismologen, wenn auch noch ungeordnet, des Privatsekretärs Anatol Zentgrafs Beobachtungen, meine seismogrammatischen Observationen.

Am Vorabend der Katastrophe war eine zwölfköpfige Bergwanderergruppe, die vorgab, für den Engadiner Ski-Marathon zu trainieren, dieses volkssportliche Renommiergroßereignis, von Osten her ins Dorf einmarschiert, den sechsstündigen Höhenweg von Casaccia am Fuß des Septimer- und Malojapasses über Maroz Dent, Cadrin, Plän Vest und Tombal in den Beinen. Anatol Zentgraf nahm mich beim Aperitif vor dem Hotel ins Diktat und befahl mir, festzuhalten, daß die Knülche alle rote Bergsteigersocken trügen mit dicken Zopfmustern – was nicht stimmte, auch hatte keiner einen Eispickel aufgeschnallt – und daß sie Gletschermilch im Blick hätten, dieses gefährliche Firneleuchten von Kompaniekommandanten der Gebirgsinfanterie, diese unverkennbare Erstbezwingungs- und Direttissimamentalität. Dann zog sich der Marode in die Bibliothek mit den gekuppelten Fenstern über dem gesprengten Segmentgiebel des Palazzoeingangs zurück und spielte wie jeden Abend vor dem Nachtessen auf dem stumpfen Bösendorfer Klavier mit den nikotingelben Tasten, von denen einzelne Elfenbeinplättchen abgebrochen waren, die Asdurpolonaise von Chopin, con furioso, womit er regelmäßig die teils lesenden, teils Kartengrüße ersinnenden, teils der lockeren Appetizermuße pflegenden Gäste aus dem Segantinizimmer vertrieb. Es war, als ob ein automatisches Pianoforte losschmettere, immer überfallartig und mit derselben Wucht die Asdurpolonaise, die, so

Zentgraf, Entladung seiner geballten Krankheit – ja, ich bin kein Mensch, ich bin Dynamit – in der südlichen Gebirgslandschaft, die konzertante Sprengung des Bondascagletschers und der Sciora-Gruppe. Und ebenso abrupt, wie er die Polonaise begann, brach er sie mitten in den fortissimo gehämmerten Oktavgängen ab und ließ sie in endlose Tritonusfolgen ausarten. Könnte ich, hatte mir Zentgraf auf einem der freilich immer nur fragmentarischen Spaziergänge diktiert, dürfte ich, hätte ich die Kraft und Ausdauer und Schulung, auf einen dieser Granittürme zu klettern, über die Kluckerführe in die Südwand des Ago di Sciora einzusteigen, hätte ich vor allem – wenn Sie die Güte haben wollen, dies zu unterstreichen, Privatsekretär – als Alpinist noch eine Lebenserwartung zu verspielen, würde ich dort oben auf der Fiamma, Schwierigkeitsgrad fünf, auf der Spitze der Nadel, auf der nur eine Person Platz hat, mich anschikken, zu versteinern, gleich der Madonna auf der Cima di Castello, und mit mir versteinerten alle die Schöpfung betreffenden Lästerungen, so daß künftige Touristen, welche den Kletterzapfen in Angriff nähmen, künftige Arschzapfen die Fiamma, letztlich auf meinem Schädel als einer zu Granit erstarrten Frevelstätte stünden und meine Verseuchung in Form terrestrischer Strahlen in sie aufstiege im Moment des triumphalen Rundblicks.

Mein Vorgesetzter war, abgesehen von den Ausbrüchen in As-Dur und den Tritonusstörungen, ein ruhiger Gast, an den warmen Spätsommernachmittagen lag er meistens im französischen Garten hinter dem Hotel unter einer der mammuthaften Wellingtonien, umrahmt von Malven, Rittersporn und Phlox, und las in Ingram von Scherzmanowskys Roman »Kadaverinhaber«, dem, wie er glaubte, äußersten Buch, das ihn hienieden noch beschäftigen werde. Meine Aufgabe bestand lediglich darin, die vom Scherzmanowsky-Schüler unterschlängelten Sätze ins schwarze Wachstuchcarnet zu übertragen und für den Abend zitierbereit zu halten, was allmählich darauf hinauslief, den ganzen Roman, diese von eins bis hundertdreiundvierzig durchnumerierte Nacktaufnahme in Prosa abzuschreiben, denn Zentgraf soulignierte immer mehr und zuletzt alle Sätze, Sätze wie diesen: »Der Mensch ist und bleibt ein Todesanalphabet, er lernt nie, daß *ein* Kreuz als Unterschrift genügt.« Ein paarmal, freilich, kam es zu peinlichen Auftritten. Zentgraf richtete sich auf in seinem Liegestuhlwrack und trompetete mit zugeklemmten Nasenflügeln aus dem für Hotelgäste reservierten oberen Teil des Parks ins Gartenrestaurant hinunter: Alle mal herhören! Von wem stammt der berühmte Satz: »Es kadavert in uns und um uns und knirscht von zertretenen Chitinpanzern.«? Von wem die Definition: »Der Tod ist die revolutionäre Bewegung per se.«? Von wem denn, ihr unbedarften, Bratwurstleichen verzehrenden, gebirgsopernglasbewehrten, wanderweghörigen Universalbanausen? Von Scherzmanowsky natürlich, mein Privatsekretär belegt es euch. Oder er ging gar so weit, mich vor den Ausflüglern Eckermann zu nennen: Mein Eckermann zeigt es euch schwarz auf weiß.

An dieser Stelle ist ein kurzer Exkurs über Anatol Zentgrafs freies Lesertum vonnöten. »Freier Leser« hatte er auf dem Anmeldeformular unter Beruf eingetragen. Als wir einmal in der Art unserer ungestümen Exkursionen buchstäblich über Stock und Stein durch den Kastanienhain Brentan oberhalb von Castasegna stolperten, blieb der Gelehrte wie angewurzelt stehen und kündigte ein autobiographisches Privatissimum an: Sehen Sie, Eckermann, hier, wahrscheinlich genau unter dieser Edelkastanie habe ich im Alter von fünfzehn Jahren auf einer Schulreise, einer dieser zweitägigen obligatorischen Schulreisen unter dem Motto »Wir erwandern einen Zipfel der Schweiz« anstelle des damals als durstlöschend gepriesenen Tuttifrutti den Hölderlin aus der Lunchtasche gezogen, Großherzog Wilhelm Ernst-Ausgabe, Dünndruck, schieferblaues Leder. Es hatte geheißen in der Vorbesprechung: Jeder nimmt das Nötigste selber mit. Aber an die Kollation hatte ich nicht gedacht, nicht an Thunfisch, Landjäger und dergleichen Obszönitäten. Als freier Leser, betonte Zentgraf immer wieder, habe er, was von der Weltliteratur wert sei, gekannt und durch die Art, wie man als Mensch zugrunde gehe, interpretiert zu werden, unversöhnt, also disparat, also tritonushaft, oder wenn man lieber wolle: ungeerdet im Kopf. Zum Schrecken seiner selbst sei ihm Scherzmanowskys allumfassende Krepanz in keiner Weise rätselhaft. Zum Schrecken seiner selbst sei er im restlosen Begreifen – was nicht heiße: Auflösen – dessen, was er gelesen habe, mit der Zeit zu dem geworden, was er gelesen habe, so daß er selber eines Lesers bedürfe, eines Zentgraf-Spezialisten, der ihn als Œuvre überhaupt erst einmal zur Kenntnis nehme und im Hinblick auf eine historisch-kritische Gesamtausgabe verarbeite, mit Siglen garniere und Fußnoten spicke. Was ich als sein Eckermann in mein Büchlein notiere, seien lediglich Paralipomena zum Korpus seiner windschiefen Genialität.

Item, die Neuankömmlinge hatten ihre Zimmer in der Dependance bezogen, einem turmhohen Bruchsteinhaus an der Westseite des von einem schindelgedeckten Waschbrunnen beherrschten Dorfplatzes. Sie okkupierten den Speisesaal, ließen drei Tische zusammenschieben und verzehrten das reich garnierte Cordon bleu in einer ihrer Wanderleistung angemessenen SAC-Hüttenlaune. Dazu tranken sie öligen Veltliner aus dickwandigen Gläsern. Anatol Zentgraf und ich, und eigentlich müßte ich Scherzmanowsky dazuzählen, wir saßen in der gegenüberliegenden Ecke des weiß getünchten Saales, der Privatgelehrte immer mit dem Rücken zur Öffentlichkeit, immer in diametralem Protest gegen die Öffentlichkeit. Die Decke zeigte die Form eines flachen Muldengewölbes; Tonnenkappen über den vergitterten Fenstern, welche mit rubinroten, filigran durchbrochenen Vorhangkulissen mehr dekoriert als verhängt waren. An den Wänden hingen zum Verkauf angebotene Aquarelle von Sonntagsmalern, denen es gelungen war, die Bondasca-Gruppe mit Wasser und den feinsten Künstlerfarben von Schmincke-Horadam – alle, nach Zentgraf, von geringster Lichtechtheit – in heroischem Dilettantismus zu bezwingen. Kitsch, definierte mein Vorgesetzter, ist der Priapismus einer impotenten Seele. Freilich gibt es, fügte er mit einem vernichtenden Blick auf die Casaccia-Gruppe hinzu, auch kitschige Formen der Naturbewältigung. Einen Höhenweg, einen sogenannten Panoramaweg abwandern, immer vom Motiv beherrscht, immer Cengalo und Badile im Hintergrund, ist Kitsch im höchsten Grade. Nehmen wir doch als Beispiel die klassische Wanderung des Bergells, den Treppenweg La Plota von Stampa nach Soglio! Zentgraf zückte den Baedeker von Kümmerly und Frey. Was schreiben diese Naturschwulen? »Malerisch ist der Blick durchs Tal aufwärts, imposant und gewaltig erheben sich die nackten Bergeller Berge zum blauen Himmel empor.« Etcetera, Eckermann – den Parmigiano her! –, etcetera, dabei müßte es in diesem Landschaftsromanführer heißen: Im Hottentottentrott La Plota absolvieren und sich vom unfruchtbaren Granit anöden lassen! Wer wie wir – und Ingram von Scherzmanowsky schien ihm recht zu geben –, wer wie wir in einem renaissancierten und barockisierten Palazzo, in der Casa Battista stationiert ist, in einem Arvensaal mit Hunderten von schwarz tränenden Astaugen, aus denen die Geschichte auf den Patienten starrt, ausgezählt – wenn Sie verstehen, was ich meine, aber Sie notieren nicht, also verstehen Sie einen Deut – von den Rüfen-Sanduhren des Gebirges, der hat nur noch zwei Möglichkeiten: den Granadaweg gehen gen Osten bis zur Graskanzel über Bondo und den Absturz ermessen; den entgegengesetzten Weg gehen durch die Krüppelwiesen über Lottan bis zum Grenztobel und die Tödlichkeit einer natürlichen Grenze ermessen.

Das Hotel Palazzo Salis in Soglio war gegen Ende der Hochsaison noch recht gut besetzt, an die fünfzig Voll- und Halbpensionäre versammelten sich jeweils ab neunzehn Uhr im kapellenartigen Speisesaal, um in gedämpfter Geselligkeit die Mahlzeiten einzunehmen: der treuherzig genial dreinblickende Hobbymaler mit der massiven Finnin, die in langen Abendkleidern und schweren, brachial anmutenden Brasseletts zu den Diners erschien; die Lektorin mit dem Bergwindschnupfen und der Sektenfrisur: sie breitete die Druckfahnen in der Bibliothek aus und trotzte selbst Zentgrafs Chopin-Attentaten; das rüstige Kurztourenehepaar aus Oberbayern, das sich auch im Zigarrenrauchen ergänzte: sie Brasil, er Suma-

tra; das stille Botanikergespann, das jeweils beim Frühstück mehrere Thermosflaschen mit ungesüßtem Tee
abfüllen ließ; ein Trio teilinvalider Überlandchauffeure,
immer zu Späßen aufgelegt, fleißig fotografierend; der
Herr mit der Frankfurter Allgemeinen Zeitung, der viel
in der Eingangshalle vor dem Barometer stand und die
Tischnachbarn aus Oberbayern darüber aufklären zu
müssen glaubte, daß die Alpensüdseite und das Engadin
in meteorologischer Hinsicht zusammengehörten; die beiden Stricktanten, die anstelle des »Menüüs« immer
»Kanneloni« wünschten. Die sourdinierte Saalgemein-
schaft, der fast so etwas wie Sanatoriumskitt anhaftete,
beschränkte sich darauf, daß man sich freundlich zunick-
te, in der Überzeugung, mit der Schwelle des Paradieses
die einzigrichtige Erholungsbotschaft gefunden zu haben
– und im postsaisonalen Nachsommer die einzigrichtige
Urlaubszeit. Zentgraf und ich wurden am Vorabend der
Katastrophe – es gab, wie gesagt, Cordon bleu, dick mit
Käse gefüttert, dazu Broccoli und Bäckerkartoffeln, voraus eine Bündner Gerstensuppe und zum Dessert einen
Savarin – von Olympia bedient, welche auch den Tisch
mit den Sportwanderern betreute. Zwölferplatten hatte
sie dort anzuschleppen, und Flasche um Flasche. Als wir
den von den Stimmungskerzen und vom Speisendunst
brodemhaft erwärmten Saal verließen, war bereits das
größte Trinkgelage im Gang. Der Privatgelehrte sagte
im Hinausgehen: Widerlich. Zur Finnin mit dem Rau-
cherbaß und ihrem Aquarellisten: Widerlich! Zur Lektorin, die eine angequetschte Banane schälte: Widerlich!

Es gibt in der Casa Battista nicht viele Möglichkeiten,
den Abend zu gestalten. Man kann sich in die Bibliothek
zurückziehen, Segantinis Alpenruhe auf sich wirken las-

sen und in der »Neuen Alpenpost« blättern, dem Special-Organ für Alpenkunde, Touristik, Balneologie etcetera; man kann sich in die Bündnerstube hinübersetzen, unter das gipserne Schirmgewölbe, und den Einheimischen beim Kartenspiel zusehen oder den Gästen beim Eile-mit-Weile, allenfalls das ausgediente Lochbillard mit dem tintengrünen Filzbezug und den schadhaften Banden reaktivieren; man kann vor dem Hotel auf und ab gehen, die Sterne repetieren und die Dorfältesten belauschen, die in der Dunkelheit des Kastanienhofs auf einer Steinbank vor der Casa Max sitzen und in ihrem Bergeller Dialekt, dem sogenannten Bargaiot, die Tagesereignisse besprechen. Das Spannendste war eigentlich, zu beobachten, für welche Möglichkeit sich die einzelnen Voll- und Halbpensionäre entschieden, weshalb ich mich gern mit einem doppelten Whisky und einer Alibilektüre auf das Biedermeiersofa in der Eingangshalle setzte, während Anatol Zentgraf, dieser Brestenberg von Mensch, Scherzmanowsky las oder die Notizen, die ich über ihn und Scherzmanowsky gemacht hatte. Zwischen den Wandleuchtern hingen speckig-brüchige Fruchtstillleben, Traubenbeeren wie Bernsteinmarmeln. Von meinem Platz aus konnte man die Officenische und die Telefonkabine, den Zugang zu den Vorratskatakomben und die Reception, die Sonnerie und die Toiletten bequem überblicken, und irgendwie schien mir, daß ich meinem Auftraggeber diesen Überblick schuldig sei, daß es zu meiner Pflicht gehöre, Arrivee und Depart zentgräflicher Archaismen zu überwachen. Ich hatte in der Bibliothek ein stockfleckiges Werk von Eduard Guyer über »Das Hotelwesen der Gegenwart« aus dem Jahr 1874 entdeckt mit 57 Originalplänen von renommierten

Häusern wie dem Beaurivage Ouchy, dem Curhotel Baden, dem Berliner Hotel am Ziethenplatz und dem Schweizerhof Rheinfall und vertiefte mich in einen Abriß über die Kellnerwissenschaft, erfuhr zum Beispiel, wo in der Hierarchie des Personals ein Patissier-Entremetier oder ein Casserollenputzer einzuordnen sei. Wurde eine Gemischte Glace mit oder ohne Rahm, mit oder ohne Hüppenrollen in die Bündnerstube hinübergetragen, versuchte ich dies in meine Lektüre einzubeziehen.

Mein Diktator hatte wie jeden Abend noch eine kurze Exkursion zum Friedhof unternommen, aber weniger der Gräber wegen, die zumeist auf Giovanoli oder Torriani lauten, als aus architektonischer Begeisterung für ein Gebäude, das in jeder Hinsicht aus dem Haufen der eng aneinander gedrückten, gneisplattenbedeckten Wohnhäuser und Ziegenställe herausragt: das von ihm so genannte, lombardisch anmutende Negozio-Absturzhaus, in dem der einzige Laden von Soglio untergebracht ist. Am Eingang des Dorfes, der Gassenschlucht, die auf den Hotelplatz führt, thront es rechterhand am Steilhang hoch über dem unteren Bergell und der Maira, drei- auf der Berg-, sechsgeschossig auf der Talseite, ein abgedeckter Mauerstockzahn, Rundbogenfenster und zinnobergrüne Jalousien, die Aufschrift »Negozio« bräunlich schattiert und verwaschen, ein Buchstabensgraffito. Nichts, sagte Zentgraf auf dem Sofa mir gegenüber, während ein Glühwein passierte, wahrlich nichts ist die Casa Max mit ihren schmiedeeisernen Korbbalkonen, mit den Ringträgerfratzen am Stallazzo und den Kreuzrippengewölben in den kahlen Treppenhäusern, mit den labyrinthischen Besitzverhältnissen der bergbäuerlichen Nachfahren eines großen Geschlechts – man braucht ein

Wegrecht für den Abort – gegen diesen Soglio und meine Existenz in Soglio nach außen – und das heißt: nach unten, sottoportawärts – vertretenden Negozialerdkratzer. Seit unserer Ankunft hatte er täglich einmal den Laden betreten und sich bei der Negoziantin Nardini mit Bleistiften und Radiergummis eingedeckt. Es ging ihm bei seinen Hamsterkäufen lediglich darum, die krayonnierenden Dilettanten zu sabotieren, die bekanntlich keine Landschaft abzupinseln vermögen, ohne daß sie vorher das Motiv mit hartem Bleistift aufreißen und an dieser Skizze endlos herumradieren. Hindert man diese Stümper am Vorkrayonnieren, braucht man ihnen nicht das Malzeug wegzunehmen. Traun fürwahr das Trutztobelhafteste, doppelte Zentgraf nach, was mir in der Negozialarchitektur je begegnet ist. Notieren Sie bitte, Privatsekretär: Dort Scherzmanowsky lesen, dort einen Bösendorfer Hammerflügel traktieren!

Der Casaccia-Gruppe im Speisesaal war es gelungen, Olympia an ihren Tisch zu locken und in bescheidenem Maße zu frivolisieren. Auch die Finnin und ihr Schoßkünstler, auch die Lastwagenchauffeure hatten sich der fröhlichen Runde angeschlossen. Es wurde gesungen und angestoßen, gezotet und gelacht. Ein bärtiger Pfadfinder kam sogar zu uns hinaus in die zugige Halle und wollte uns animieren, ein Glas Veltliner mitzutrinken, was Zentgraf, den Scherzmanowsky auf den Tisch schmeißend, mit den heftigsten Schmähungen quittierte: Unerhört! Stumpfsinnige Bacchanalien! Hedonismus! Babylon! Der angeheiterte Sportwanderer zog sich befremdet zurück. Möglich, daß Zentgrafs Verstimmung auf die Serviertochter Olympia zurückzuführen war, die stämmige Circe aus Chiavenna, die ungeniert mittat; mir schien, der Privatgelehrte habe im Verlauf unseres Arbeitsaufenthaltes in Soglio einige Anbahnungsversuche unternommen, er habe ihr eine erotische Komplizenschaft anzuherrschen versucht. War sie nicht einmal kichernd und das Schürzchen zurechtrückend aus dem Utensilienraum neben der Bibliothek gestürzt, wo sich der Patient auf einer zerschlissenen Ottomane beim Plätschern des Waschbrunnens von den Tritonusfolgen zu erholen pflegte? Aber was kümmerte mich das! Meine Funktion war, laut Anstellungsvertrag, als Seismograph Zentgrafs so präzis wie möglich zu funktionieren. Ich darf vielleicht in diesem Zusammenhang, sehr geehrte Herren vom Schweizerischen Erdbebendienst, an den Einundzwanzigtonnen-Universalseismographen de Quervain-Piccard erinnern, für dessen träge Masse Stahlklötze verwendet wurden, die ursprünglich zur Herstellung von Granatmänteln bestimmt waren; verglichen mit dem Horizontalseismographen Mainka, stationäre Masse vierhundert Kilogramm, und dem Vertikalseismographen Wiechert, lediglich hundertdreißigfache Vergrößerung, ein gewaltiger Fortschritt. Item, Zentgraf tobte weiter, auch den Herrn mit der FAZ verstörend, der einmal mehr das Barometer konsultierte: Gottverdammte Malefizer! Haloderis! Pardauzbrüder! Die Asdurpolonaise war zu befürchten. Dann kommandierte er in Richtung Office: Wirtschaft! Zahlen, die Rechnung, sofort! Er verabschiedete sich jedoch, ohne die Note abzuwarten.

Unser Zimmer lag im zweiten Stock und ging gegen den Kastanienhof. Man erreichte es vom sogenannten Rittersaal aus, einer kassettengedeckten Halle, die vollgepfropft war mit Elchgeweihen, Morgensternen, Feuerhaken, Ahnenschwarten. Hinter einer opernhaften Balustrade posierten zwei Rüstungen mit hängenden Greifern. In der Mitte des Raumes, auf einem achteckigen Tisch spreizte ein ausgestopfter und mit Arsenikseife präparierter Adler die Flügel. Immer wenn wir die Treppe hoch kamen, glaubte Zentgraf, der Raubvogel erwache soeben aus seiner Giftnarkose. Ich trank in aller Ruhe meinen Whisky aus und studierte im Guyer die Tabelle des Approximativen Inventars für ein Hotel mit zweihundert Herrschaftsbetten, worin zum Beispiel Tintengeschirre, hundertachtzig Stück, Samovare, Draperien erster und zweiter Klasse, achtzehn Huiliers und ebenso viele Nußknacker aufgeführt waren, auch vierundzwanzig sogenannte Rinçoirs. Von Zeit zu Zeit querte Olympia wie eine aufgescheuchte Henne das Vestibül, um ihrer Kollegin die Anzüglichkeiten der Kavaliere am Zwölfertisch zu schildern, mit einem rammligen Unterton in der Stimme. Wahrscheinlich waren die zentgräflichen Avancen ausgelöst worden durch das allnächtliche Liebesgestöhn des tagsüber stummen – um nicht zu sagen: versiegelten – Botanikerpaars, das durch die dünne Arvenwand unseres Zimmers zu hören war, vom ersten bis zum letzten Laut. Freilich hatten wir nie darüber gesprochen, der Thanatosoph nicht, weil er bis tief in die Nacht beim grünlichen Licht der Glasrüschenlampe Scherzmanowsky las, Scherzmanowsky in eine nokturnale Partitur transponierte; ich meinerseits nicht aus der sich für einen interimistischen Privatsekretär geziemenden Zurückhaltung im eigenmächtigen Nominieren von Gesprächsgegenständen. Gerade weil wir seiner aber in keiner Weise Erwähnung taten, gewann das unter dem Täfer versteckte Brasten eine penetrante Eigengesetzlichkeit, und ich mußte über den Graben zwischen unsern Bettkähnen hinweg Scherzmanowsky in der Hand Zentgrafs recht geben: es war, so mit dem Kopf zur Membrane wahrgenommen, kaum zu unterscheiden vom Röcheln sterbender Zimmernachbarn.

Lange lag ich an diesem Abend noch wach im Arvensaal. Die Zechbrüder hatten aufgehört zu singen, allmählich verstummte das Murmeln der Einheimischen im Hof. Der Brunnen plätscherte, die Bergeller Tage rückten zusammen zu einem glasstarren Bild: Nossa Donna und die Galgentürme im Wald bei Vicosoprano; der Kastanienhain Brentan und das Maiensäß Löbbia; die Marmiti dei Giganti, die Gletschermühlen rund um das Schloß Belvedere auf dem Malojapaß, und die Ledermasken der alten Weiblein, die mit Hutte und Holzrechen zu den Graskanzeln hinaufstiegen. Und ich dachte an das Soldatengrab bei Stampa, das ovale Granitbett für einen menschlichen Körper, den in die Landschaft eingelassenen Sarkophag. Hier, stand im Notizbuch, könnte man tatsächlich begraben sein wollen, in dieser meiner Negativexistenz entsprechenden Gußform. Sarkophag bedeutet ursprünglich: fleischfressender Behälter. Der für Totenladen gebrochene Kalkstein hatte die Eigenschaft, den Leichnam innert kürzester Zeit in Asche zu verwandeln. Eine Kombination von Erdbestattung und Kremation, steinerner oder kalter Kremation!

Was war das für ein Mensch, dieser Privatanarch Zentgraf, der für die letzten Tage seines Lebens – woher nahm er überhaupt die Gewißheit, daß es die letzten sein würden? – einen Detektiv engagierte zur Observation seiner Gedankenschritte? Vorgestellt, gleich nach unserer Ankunft im Palazzo, hatte er sich in der Bibliothek am verstimmten Klavier, über dem ein leinernes Tableau in rauchigen Regenfarben hängt, ein Schäferidyll unter einem ruinösen Triumphbogen. Was ist das für ein Intervall? hatte er gefragt. Ein häßliches, Herr Zentgraf. In der Tat. Was Sie hören, Verehrtester, ist der sogenannte Tritonus, die übermäßige Quarte, zusammengesetzt aus drei übereinanderliegenden Ganztönen. Mit keinem andern Intervall bildet der Tritonus ein Paar. Dem Choristen ist er ein Greuel, die Musiktheorie befehdet ihn, als Geist, der stets verneint. Man nennt ihn »diabolus in musica«. Wenn nicht durch die vorangehenden Intervallfolgen die Verwandtschaftsbeziehungen eindeutig festgelegt sind, hat man bei diesem zwiespältigen Intriganten immer die Wahl zwischen zwei gleich guten – oder gleich unbrauchbaren – Auflösungen, je nachdem welchen der beiden Tritonustöne das strapazierte Ohr als Leitton zu akzeptieren barmherzig geneigt ist. Zentgraf begleitete seine Ausführungen mit unerbittlichen Tritonussadismen. Ich habe Kenntnis von einem Klavierlehrer, der sich an einem verhaßten Schüler dadurch rächte, daß er ihn durch unausgesetztes Übenlassen und Vordemonstrieren übermäßiger Quarten umbrachte, mittelst des Tritonus als einer perfekt verborgenen Mordwaffe und somit eines perfekten Alibis auf dem Drehschemel zutode quälte. Sie werden sich, sagte Anatol Zentgraf abschließend zu seiner Vorstellung, an mich als einen Liebhaber dieses Intervalls gewöhnen müssen. Sie werden in Soglio auch Ihres Amtes als Tritonussekretär zu walten haben, was immer das vorderhand heißen mag.

Item, am Morgen des 3. September ereignete sich, kurz nach sechs Uhr, in Deutschland das schwerste Erdbeben seit Kriegsende. Der Schütterradius war beträchtlich, die Stöße erreichten Werte bis zu 5,4 auf der nach oben offenen und also für Katastrophen unbegrenzten Ausmaßes zuständigen Richter-Skala. Freilich darf nach Mayer-Rosa angenommen werden – und vermutlich hat bereits Scheuchzer in seiner »Historischen Beschreibung aller Erdbidmen, welche in dem Schweizerlande von zeit zu zeit gespüret worden« diese Ansicht geteilt –, daß die begrenzte Festigkeit der Erdkruste keine Beben mit unendlich großer Magnitude zuläßt. Die sogenannte Medvev-Sponheuer-Karnik-Skala reicht bekanntlich von Epizentral-Intensität eins – die Erschütterung liegt unterhalb der Fühlbarkeitsgrenze – bis Intensität zwölf, »Landschaftsverändernd«: Tiefgreifende Umgestaltung der Erdoberfläche, ausgedehnte Felsstürze und Uferabbrüche. Stufe fünf »Aufweckend«, würde bedeuten: Freihängende Gegenstände pendeln erheblich, Flüssigkeiten aus gut gefüllten Behältern laufen in geringen Mengen über; Stufe sechs, »Erschreckend«, daß kleine Turmglocken anschlagen. Ich kann Ihnen, was Albstadt respektive Soglio betrifft, nur sagen: Ein umarmender Riß lief an diesem frühen Morgen des 3. September durch die astäugige Arvenummantelung unseres Hotelschreins im Palazzo Salis, mir war einen Augenblick zumute wie einem Scheintoten, der in einer unter immensen Pressionen knackenden Zigarrenkiste liegt. Natürlich wußte ich, als das Waschgeschirr auf der Kommode klirrte, sofort, was los war. Zuerst dachte ich, noch halb im Traum, an einen seismischen Tritonuseffekt. Dann: Er läßt es auf eine Zerreißprobe ankommen. Dann: Der Planet hat Anatol Zentgraf bestätigt. Ich war in das Fait accompli einer höchstpersönlichen Naturkatastrophe hinein erwacht und hatte mich ab sofort als

Generalsekretär eines Toten zu betrachten, der in der Bettburg neben mir zum postum diktierten und somit als letztwillige Verfügung zu verstehenden Satz erstarrt war: Ich bin das Epizentrum. Um dieses einen Satzes willen, sehr geehrte Herren vom Schweizerischen Erdbebendienst, habe ich meine Schadenmeldung aufgesetzt. Sie werden ihn nun auszuwerten haben.

Beim Frühstück entnahm ich den Morgennachrichten die ersten Fakten: Albstadt, tektonisch unruhige Landschaft, Dutzende von Verletzten, Schockwirkungen, Teile der Hohenzollernburg vom Einsturz bedroht, Schäden in Millionenhöhe. Ein Augenzeuge erklärte: Wir glaubten, die Welt gehe unter. Olympia, übernächtig, zerzaust, verkündete mit nachbebender Stimme von Tisch zu Tisch: Terremoto, terremoto! Wie hätte man ihr begreiflich machen wollen, daß sie von Anatol Zentgraf spreche, wie von einem unflätigen Liebhaber? Draußen vor dem Hotel in der glarigen Morgensonne machte sich die zwölfköpfige Casaccia-Gruppe für den Rückmarsch bereit, im Kater Witze reißend über das Gepolter in der Frühe. Ich meldete dem Direktor in aller Diskretion, nachdem die Lunchpakete verteilt waren, daß mein Zimmernachbar in der Nacht heimlich und ohne besondere Todesursache, sozusagen aus Verachtung für den moderierten Kurbetrieb der Menschheit, auch, was nicht zu leugnen sei, in einem ziemlich militanten Antialpinismus davongestorben sei und daß ich den Tod erst nach dem Erdbeben von Albstadt entdeckt hätte. Das Erdbeben sei für mich nun natürlich nach diesem Vorfall das Erdbeben von Soglio.

Ich beschloß, noch ein paar Tage im Katastrophengebiet zu bleiben.

Inhalt

Der Autor dankt der Stiftung Pro Helvetia
für die freundliche Unterstützung dieser Arbeit.

Collection S. Fischer

Hanns-Josef Ortheil
Fermer
Roman
Fischer Taschenbuch Nr. 2307

»Dieser Roman hat etwas, was eigentlich von jedem Werk verlangt werden sollte: eine Wirkung, und zwar keine oberflächliche. ›Fermer‹ bringt den Leser ganz sacht zurück zu einem Zeitpunkt, an dem alles noch bewußter erlebt wurde, an dem alles noch im Fluß war, an dem sich noch keine Fronten verhärtet hatten, an dem das Wort ›Zukunft‹ noch nicht die gleiche Bedeutung hatte wie ›Alptraum‹.«
Klaus Geisen

Klaus Hoffer
Halbwegs
Bei den Bieresch 1
Fischer Taschenbuch Nr. 2306

»Zwar läßt sich sein Inhalt schon irgendwie nacherzählen – ich werde es gleich tun –, aber das Gefühl eines Geheimnisses, das eine mehrmalige Lektüre nur noch verstärkt, bleibt an die brennende Gelassenheit von Hoffers Sprache gebunden. Wann habe ich zum letzten Male ein (zeitgenössisches) Buch mit einem unauflösbaren Rest gelesen!«
Urs Widmer in
»Die Zeit«

Gert Neumann
Die Schuld der Worte
Fischer Taschenbuch Nr. 2305

»Ein irritierendes Buch . . . dicht, konsequent, von einer bestechenden Unerbittlichkeit. Mit schwebenden Bezügen, die dort, wo sie sich in der Schwebe halten, etwas Eindeutiges gewinnen, ohne auf einen handlich zubereiteten ›Sinn‹ zurückzuschrumpfen.«
W. Martin Lüdke in
»Frankfurter Rundschau«

»Eine erstaunliche Erstveröffentlichung . . . Beunruhigt fasziniert folgt man Neumann dann, wenn er, wie in den ›Burgen‹ oder in den ›Reportagen‹, die versöhnenden Alltagsheucheleien der (Sprach-)Wirklichkeit *anschaulich* zu Wort bringt.«
»Neue Zürcher Zeitung«

Collection S. Fischer

Marianne Fritz
Die Schwerkraft der
Verhältnisse
Fischer Taschenbuch Nr. 2304
»Marianne Fritz' Erzählung bezieht ihre beunruhigende Anziehungskraft
aus dieser ›Umwertung aller Werte«, die Innen und Außen, Gesundheit
und Krankheit, Wahnsinn und Normalität auf beängstigende Art und
Weise vertauscht . . .«
Klara Obermüller in
»Frankfurter Allgemeine Zeitung«

Peter Stephan Jungk
Stechpalmenwald
Fischer Taschenbuch Nr. 2303
»Die Behauptung ist nicht übertrieben, daß dieses vom Anspruch her
bescheidene Bändchen in Sachen Stimmung, Atmosphäre und dem, was
man früher Völkerpsychologie nannte, zu den besten deutschen Veröf-
fentlichungen über das moderne, junge Amerika gerechnet werden muß.«
Charles Linsmayer in
»Luzerner Neueste Nachrichten«

Otto Marchi
Rückfälle
Roman
Fischer Taschenbuch Nr. 2302
»Vor Marchis unnachsichtiger Skepsis bestehen Ausbruchsversuche und
hastig entworfene Alternativen nicht einmal im Rückblick . . .«
Hein F. Schafroth in
»Frankfurter Rundschau«

Dieter Forte
Jean Henry Dunant
oder Die Einführung der Zivilisation
Ein Schauspiel
Fischer Taschenbuch Nr. 2301
In einer großen Collage bringt Forte die Welt des neunzehnten Jahrhun-
derts auf die Bühne. Was in der »Einführung der Buchhaltung« (Luther/
Münzer) angelegt war, setzt sich in der »Einführung der Zivilisation«
(Dunant) fort: die Mathematisierung der Welt. Die Herrschaft der Zahlen,
die die Welt in einen unaufhörlichen Konflikt treibt.